UM MISTÉRIO DA

RAINHA DO CRIME

Publicado originalmente em 1938

Agatha Christie

É fácil matar

· TRADUÇÃO DE ·

Érico Assis

Rio de Janeiro, 2023

Diretora editorial: *Raquel Cozer*

Gerente editorial: *Alice Mello*

Editor: *Ulisses Teixeira*

Copidesque: *Thaís Lima*

Preparação de original: *Thaís Carvas*

Revisão: *Laura Folgueira*

Design gráfico de capa e miolo: *Túlio Cerquize*

Produção de imagens: *Buendía Filmes*

Produção de Objetos: *Fernanda Teixeira e Yves Moura*

Fotografia: *Vinicius Brum*

Diagramação: *Abreu's System*

Dados Internacionais de Catalogação na Publicação (CIP)
(Câmara Brasileira do Livro, SP, Brasil)

Christie, Agatha, 1890-1976
É fácil matar / Agatha Christie ; tradução Érico Assis. – 1. ed. – Duque de Caxias, RJ: Harper Collins Brasil, 2021.

Tradução de: Murder is easy
ISBN 978-65-5511-136-1

1. Ficção de suspense 2. Ficção inglesa I. Título.

21-60723 CDD: 823

Aline Graziele Benitez – Bibliotecária – CRB-1/3129

HarperCollins Brasil é uma marca licenciada à Casa dos Livros Editora LTDA.
Todos os direitos reservados à Casa dos Livros Editora LTDA.
Rua da Quitanda, 86, sala 218 — Centro
Rio de Janeiro, RJ — CEP 20091-005
Tel.: (21) 3175-1030
www.harpercollins.com.br

Dedicado a Rosalind e Susan,
as duas primeiras críticas deste livro

Sumário

Capítulo 1

A companheira de viagem

Inglaterra!

Inglaterra, depois de tantos anos!

Será que ele ia gostar?

Luke Fitzwilliam fez-se essa pergunta enquanto atravessava a passarela até a doca. Guardou-a no fundo da mente durante a espera no galpão da alfândega e trouxe-a de volta ao primeiro plano quando finalmente se sentou no trem que saía do porto.

Vir à Inglaterra de folga era uma coisa. Muito dinheiro para torrar (pelo menos no começo!), velhos amigos a procurar, encontrar os camaradas na mesma situação... Aquela atmosfera despreocupada: "Não vai durar, então é bom eu curtir! Daqui a pouco, já estou de saída."

Mas, desta vez, não haveria viagem de volta. Não haveria mais noites quentes e abafadas, não haveria mais sol ofuscante, nem beleza tropical, nem rica vegetação. Nunca mais noites solitárias lendo e relendo edições antigas do *Times*.

Ali estava ele, um pensionista, reformado com honra, dotado de alguns recursos próprios, mas não muitos, um diletante do ócio, de volta à Inglaterra. O que ele ia fazer da vida?

Inglaterra! A Inglaterra em junho, de céu cinzento e vento mordaz. Num dia como esse, ela não era nada receptiva. E o povo! Minha nossa, esse povo! Multidões de expressão cinzenta como o céu, rostos nervosos, preocupados. E as casas, que brotavam como se fossem cogumelos. Casebres detestáveis! Casinhas revoltantes! Galinheiros fazendo-se de grandiosos e pontilhando o interior!

Luke Fitzwilliam fez um esforço para evitar a paisagem que se via da janela do vagão e acomodou-se para perscrutar os jornais que havia acabado de adquirir. O *Times*, o *Daily Clarion* e a *Punch*.

Começou pelo *Daily Clarion*. O *Clarion* era dedicado de cabo a rabo ao derby de Epsom.

"Que pena que não chegamos ontem", pensou Luke. "Não assisto ao derby desde os meus dezenove anos."

Ele havia escolhido um cavalo no bolão do clube e, agora, ia conferir o que o correspondente de turfe do *Clarion* achava de sua aposta. Descobriu em uma só frase que era tratada com desprezo.

"Dos demais, Jujuba II, Milha Marco, Santônio e Jerry Moleque estão longe de se qualificar. Um forasteiro promissor é..."

Mas Luke não deu atenção ao forasteiro promissor. Seus olhos já estavam na tabela de apostas. Jujuba II daria quarenta para um. Um ganho relativamente bom.

Olhou o relógio. 15h45. "Bom", pensou ele. "Já terminou." E ele desejou ter apostado em Calêndula, o segundo entre os prediletos.

Então abriu o *Times* e ficou absorto em tópicos de maior seriedade.

Não por muito tempo, contudo, pois, no canto oposto a ele, um coronel de aparência furiosa indignou-se de tal forma com o que havia acabado de ler que teve que compartilhar sua fúria com o colega de cabine. Trinta minutos inteiros se passaram até o coronel cansar de expor o que pensava a respeito dos "malditos agitadores comunistas, valha-me".

O coronel enfim arrefeceu e pôs-se a dormir de boca aberta. Pouco depois, o trem começou a desacelerar e finalmente parou. Luke olhou pela janela. Estavam numa estação grande e deserta com várias plataformas. Ele avistou, pouco à frente na plataforma, uma banquinha de livros que tinha uma placa: RESULTADOS DO DERBY. Luke abriu a porta, saltou e correu até a banquinha. Um instante depois, estava diante de frases borradas na seção de última hora, com um sorriso arreganhado.

Resultados do derby
JUJUBA II
MAZEPPA
CALÊNDULA

Luke sorriu de orelha a orelha. Cem libras para torrar! O bom e velho Jujuba II, logo aquele que os palpiteiros tratavam com tanto desprezo.

Ele dobrou o jornal, ainda rindo consigo, olhou para trás... e não viu nada. Na empolgação pela vitória de Jujuba II, seu trem havia partido da estação sem que ele notasse.

— Quando foi que esse trem dos diabos partiu? — perguntou a um bagageiro de olhar abatido.

O senhor respondeu:

— Que trem? Num parou trem ninhum desde o de 15h14.

— Havia um trem aqui, agora mesmo. Eu desci do trem. Era o expresso do cais.

O bagageiro respondeu com todo o rigor:

— O expresso do cais só para em Londres.

— Mas parou aqui — Luke lhe assegurou. — Eu desci.

— Só para em Londres — repetiu o bagageiro, irremovível.

— Eu estou lhe dizendo que parou nesta plataforma aqui e eu desci.

Diante dos fatos, o bagageiro mudou de postura.

— O sinhor num era pra ter descido — disse ele em tom reprobatório. — Aqui num para.

— Mas parou.

— Era só o sinal, sinhor. Só o sinal. O de espera. Não chama "parada".

— Não sou tão versado em tais distinções quanto o senhor — disse Luke. — O caso é: o que eu faço agora?

O bagageiro, homem de raciocínio lento, repetiu o tom reprobatório:

— O sinhor num devia ter descido, não.

— Isso já admitimos — concedeu Luke. — O mal está feito, é passado e superado... Por mais que choremos na amargura, o tempo sepulto não recobraremos... E o corvo disse: "Nunca mais"... O dedo que se move escreve e, tendo escrito, se vai etc. e tal. Mas quero chegar ao seguinte ponto: o que o senhor, um homem de experiência nos serviços ferroviários, me aconselha fazer?

— O sinhor tá me perguntando o que é pra fazer?

— É essa a ideia — disse Luke. — Suponho eu que haja trens que parem aqui, com paradas oficiais, no caso.

— Olha... — começou o bagageiro. — Era melhor o sinhor comprar o das 16h25.

— Se o trem das 16h25 vai até Londres, o das 16h25 é o meu trem.

Certificado quanto à dúvida, Luke ficou andando para lá e para cá na plataforma. Uma grande placa lhe informava que estava na Intersecção Fenny Clayton que ia para Wychwood-under-Ashe. Em seguida, um trem de um só vagão puxado por uma maria-fumaça das antigas foi se aproximando, lento e às baforadas de vapor, e depositou-se em um modesto vão. Seis ou sete pessoas desceram e, após cruzar uma passarela, juntaram-se a Luke na plataforma. O bagageiro soturno de repente se avivou e começou a empurrar um largo carrinho de caixas e cestos. Outro bagageiro veio ajudá-lo e começou o estrépito de latas de leite. Fenny Clayton ganhou vida.

Por fim, com toda sua imponência, o trem de Londres chegou. Os vagões de terceira classe estavam lotados e havia apenas três vagões na primeira classe, sendo que todos continham pelo menos um passageiro. Luke avaliou cada cabine. A primeira, de fumantes, continha um cavalheiro de aspecto militar fumando um charuto. Luke estava farto de coronéis anglo-indianos por hoje. Passou à seguinte, que continha uma moça refinada de aspecto estafado, talvez uma governanta, e um garoto de aparência ativa dos seus três anos. Desta, Luke passou rápido. A porta seguinte estava aberta e a cabine tinha uma passageira, uma senhora de idade. De relance, ela lembrou a Luke uma de suas tias, Tia Mildred, a que tivera a intrepidez de deixar que ele tocasse em uma cobrinha de jardim quando ele tinha dez anos. Tia Mildred tinha sido das melhores tias que se pode ter. Luke entrou no vagão e sentou-se.

Depois de cinco minutos de movimentação intensa da parte dos entregadores de leite, dos carrinhos de bagagem e outros alvoroços, o trem começou a deixar a estação. Luke abriu seu jornal e voltou-se às notícias que pudessem interessar ao homem que já havia lido seu matutino.

Ele não tinha esperanças de muito tempo de leitura. Sendo homem de muitas tias, tinha certeza de que a senhorinha do canto não tinha intenções de viajar em silêncio até Londres.

E estava certo. A janela precisou de um ajuste, o guarda-chuva caiu no chão... e, daqui a pouco, a senhorinha começou a lhe dizer como aquele trem era dos melhores que havia.

— Só uma hora e dez minutos. É muito bom, sabe, muito bom mesmo. Bem melhor que o matutino. O matutino leva uma hora e quarenta.

Ela prosseguiu.

— Claro que a maioria pega o matutino. No caso, quando é o dia do desconto, pegar o vespertino é uma tolice. Pensei em vir pela manhã, mas meu Vesguinho sumiu... É o meu gato, um persa, uma belezoca. Mas anda com algum problema na orelha... É claro que eu não podia sair de casa até que ele aparecesse!

Luke resmungou:

— É claro que não. — E deixou os olhos caírem ostensivamente ao jornal. Não houve resultado. O dilúvio prosseguiu.

— Então fiz o possível diante da tragédia e peguei o vespertino, o que de certo modo é uma benção, pois não é tão lotado... não que faça diferença quando se viaja de primeira classe. É claro que não é de meu costume. No caso, eu devia tratar como uma *extravagância,* levando em consideração esses impostos, os dividendos que só rareiam, os salários da criadagem subindo e tudo mais... Mas fiquei chateada, pois veja que vou tratar de um assunto muito importante, e queria ter um tempo para pensar exatamente no que dizer. Em silêncio, se é que me entende... — Luke conteve um sorriso. — E quando se sabe que há gente viajando junto, bom, a pessoa não pode ser descortês... então eu pensei que, desta vez, o gasto a mais seria *admissível,* embora eu seja da opinião que hoje se tem tanto desperdício... ninguém economiza, não pensam no futuro. Que pena que aboliram a segunda classe. Fazia a diferença, mesmo que fosse pequena.

— Mas é evidente — prosseguiu ela sem pestanejar, com um olhar rápido para o rosto bronzeado de Luke — que sei que soldados de licença têm que viajar na primeira classe. Oras, se são oficiais, é o esperado...

Luke atendeu ao tom inquisitivo do par de olhinhos cintilantes. Capitulou de vez. Sabia que iria acabar assim.

— Não sou soldado — disse ele.

— Ah, sinto muito. Eu não quis... eu só achei... o senhor, tão bronzeado... achei que estava vindo do Oriente, de licença.

— Sim, estou voltando do Oriente — explicou Luke. — Mas não de licença. — Ele deteve outras inquirições com uma afirmação patente. — Sou policial.

— Da polícia? Ora, mas que interessante. Tenho uma grande amiga... cujo *filho* acabou de entrar para a polícia palestina.

— Estreito de Mayang — disse Luke, fazendo outro atalho.

— Ah, querido, que interessante. Veja que grande coincidência, o senhor neste trem. Pois, veja só: o assunto que tenho a tratar em Londres... A verdade é que estou indo à Scotland Yard.

— É mesmo? — inquiriu Luke.

Ele pensou consigo: “Será que ela vai perder a corda ou só vai parar de falar em Londres?” Mas nem deu tanta importância assim, pois era muito afeiçoado à Tia Mildred e lembrou-se de como ela havia botado cinco libras na sua mão num aperto. Além disso, havia algo de muito agradável e inglês em idosas como esta e a tia dele. No Estreito de Mayang, não havia nada parecido. Elas ficavam no mesmo nível do pudim de ameixas natalino, do críquete e das lareiras a lenha. Aquelas coisas que só se estima quando se está do outro lado do mundo e não se tem acesso a elas. (Também era o tipo de coisa que virava um tédio quando se tinha demais, mas, como já se disse, Luke havia aportado na Inglaterra havia questão de três ou quatro horas.)

A idosa prosseguiu com toda alegria.

— Sim, meu plano era pegar o matutino... e aí, como lhe contei, estava muito preocupada com Vesguinho. Mas o senhor não acha que será muito tarde, acha? Afinal, não há horário de atendimento na Scotland Yard.

— Não creio que fechem às dezesseis horas nem nada assim — disse Luke.

— Não, é claro. Não teriam como, não é? A pessoa pode precisar comunicar um crime sério a qualquer minuto, não é mesmo?

— Exato — disse Luke.

Por um instante, a idosa voltou ao silêncio. Pareceu preocupada.

— Sou sempre da opinião de que é melhor ir direto à fonte — falou ela, enfim. — John Reed é uma figura muito agradável... Ele é o nosso inspetor em Wychwood. Um homem muito simpático, de fala cortês. Mas, se me entende, não creio que... que ele seria alguém com quem se pode tratar de um assunto grave como este. Ele está acostumado a lidar com os que bebem demais, com quem ultrapassa o limite de velocidade ou não respeita o horário de acender as luzes...

com quem não tirou a licença para passear com o cachorro. Quem sabe até com um e outro arrombamento. Mas eu creio, aliás, tenho certeza, de que ele não é a pessoa para lidar com um *homicídio*!

As sobrancelhas de Luke se ergueram.

— Homicídio?

A idosa assentiu com vigor.

— Sim, homicídio. Vejo que o senhor ficou surpreso. Eu também fiquei, no início... Não conseguia acreditar. Achei que estivesse imaginando coisas.

— Tem certeza de que não estava? — perguntou Luke com tom educado.

— Não, não. — Ela negou com a cabeça, assertivamente. — Da primeira vez, até podia estar. Mas não na segunda, nem na terceira, nem na quarta. Depois de tantas, a pessoa *sabe*.

— A senhora quer dizer que... hã... houve vários homicídios? — indagou Luke.

A voz delicada e baixa respondeu:

— Diversos, infelizmente.

Ela prosseguiu.

— Por isso achei que seria melhor ir direto à Scotland Yard e contar a eles. O *senhor* não acha que é o melhor?

Luke ficou olhando para ela, pensativo, depois disse:

— Oras, sim... creio que a senhora tenha razão.

Ele pensou consigo: "Eles vão saber lidar com ela. Provavelmente recebem meia dúzia de senhorinhas por semana, que vão até lá tagarelar sobre a quantidade de homicídios que têm ocorrido nos seus prosaicos vilarejos! Deve haver um departamento dedicado às queridinhas."

E sua imaginação criou um superintendente paternal, ou um jovem inspetor boa-pinta, resmungando com todo o tato:

— Obrigado, minha senhora. Ficamos mesmo deveras gratos. Então, por favor, pode voltar para lá e deixar tudo em nossas mãos. Não precisa mais se preocupar, tudo bem?

Ele sorriu um pouco consigo diante da imagem. "De onde será que elas tiram esses caprichos? Do excesso de tédio, imagino eu… Uma ânsia pelo drama que nada mais vai atender. Ouvi dizer que tem idosas que imaginam que todo mundo quer botar veneno no que elas comem", pensou.

Ele foi despertado das elucubrações pela voz suave, que ainda falava.

— Pois veja que eu me lembro de ter lido, creio que foi do caso Abercrombie, bom, *ele* envenenou muita gente antes de levantarem qualquer suspeita… Mas o que eu ia dizer? Ah, sim, alguém falou que ele tinha um olhar… um olhar especial, que ele dirigia a todos que… Aí, pouquíssimo tempo depois, essa pessoa ficava doente. Quando li, não acreditei. Mas é verdade!

— O que é verdade?

— A expressão que a pessoa faz…

Luke ficou encarando-a. A senhorinha estava um pouco trêmula, e suas bochechas rosadas haviam perdido um pouco da cor.

— Primeiro foi com Amy Gibbs. Eu vi… e ela *morreu*. Depois foi com Carter. Depois com Tommy Pierce. E agora, ontem mesmo… foi com o Dr. Humbleby. Um homem *tão* agradável, um homem *muito* agradável. Carter, é claro, bebia, e Tommy Pierce era um garoto levado e impertinente. Incomodava os menores, torcia os braços dos outros, dava beliscões. Dele, eu não tive tanta pena. Mas com o Dr. Humbleby é diferente. Ele *precisa* que alguém o salve. E o mais tenebroso é que, caso eu fosse contar ao doutor, ele não ia acreditar! Ele ia dar gargalhadas! John Reed também não acreditaria em mim. Mas na Scotland Yard não vai ser assim. Porque lá, naturalmente, eles estão *acostumados* com a criminalidade!

Ela olhou pela janela.

— Ah, meu caro, creio que chegaremos em um instante.

Ela começou a se remexer, abriu e fechou a bolsa, mexendo no guarda-chuva.

— Obrigada… muito obrigada. — Ela dirigia-se a Luke, que recolheu o guarda-chuva do chão pela segunda vez. —

Foi *um alívio* conversar com o senhor… Muito gentil da sua parte, muito. Fico muito contente que o senhor ache que estou fazendo o certo.

— Tenho certeza de que lhe darão boas recomendações na Scotland Yard — falou Luke, em tom educado.

— Fico muito grata, de verdade. — Ela remexeu na bolsa. — Tome meu cartão… Ah, não, só tenho um. Tenho que guardar para a Scotland Yard…

— Sem problema, sem problema…

— Mas meu nome é Pinkerton.

— Um nome muito apropriado, Miss Pinkerton — disse Luke, sorrindo. Ele emendou depressa diante da expressão de perplexidade da senhorinha. — Meu nome é Luke Fitzwilliam.

Conforme o trem chegou na plataforma, ele complementou:

— Posso chamar um táxi para a senhora?

— Ah, não precisa, muito obrigada. — Miss Pinkerton parecia chocada com a sugestão. — Vou pegar o metrô. Ele me leva até Trafalgar Square, e de lá vou andando até Whitehall.

— Nesse caso, boa sorte — ofereceu Luke.

Miss Pinkerton apertou sua mão com todo o afeto.

— Tão gentil — murmurou ela de novo. — Vou lhe dizer que, de início, achei que o senhor não ia acreditar em mim.

Luke teve a cortesia de corar.

— Bem — disse ele. — É que são tantos homicídios! É difícil uma pessoa cometer tantos homicídios e ficar impune, não é?

Miss Pinkerton fez que não. Ela falou de cara séria:

— Não, meu garoto, não. É *aí* que o senhor se engana. É fácil matar… desde que ninguém suspeite da sua pessoa. E veja que a pessoa em questão é justamente a última de que alguém *suspeitaria!*

— Bem, de qualquer modo: boa sorte — disse Luke.

Miss Pinkerton foi engolida pela multidão. Ele saiu em busca das malas enquanto matutava: “Um tantinho lelé, quem sabe? Não, creio que não. Só uma imaginação vivaz. Espero que a tratem com carinho. Pobre velhota.”

Capítulo 2

O obituário

Jimmy Lorrimer era um dos amigos mais antigos de Luke. Naturalmente, Luke ficou na casa de Jimmy assim que chegou a Londres. Foi com Jimmy que ele saiu em busca de divertimento na noite em que chegou. Foi o café de Jimmy que ele bebeu na manhã seguinte, com a cabeça latejando, e foi Jimmy que ficou sem resposta enquanto ele lia pela segunda vez um parágrafo curto e insignificante no jornal matutino.

— Desculpe, Jimmy — disse ele, voltando a si depois de um sobressalto.

— No que você estava tão absorto? A seção de política?

Luke sorriu.

— Nem em sonho. Não, é uma coisa tão esquisita… a velhota com quem eu vim no trem de ontem foi atropelada.

— Provavelmente confiou em um *Belisha Beacon* — disse Jimmy. — Como sabe que é ela?

— É, talvez não seja. Mas o sobrenome é o mesmo… Pinkerton. Foi atingida por um carro enquanto estava atravessando Whitehall e morreu. O carro não parou.

— Que desagradável — disse Jimmy.

— Sim, pobre senhorinha. Uma pena. Ela me lembrou Tia Mildred.

— Quem estava no volante vai a tribunal. Por homicídio, acredito eu. Vou lhe dizer que ando com um medo abjeto de dirigir.

— O que você tem no momento, em termos de condução?

— Um Ford V8. Vou lhe dizer, meu garoto...

A conversa tomou rumos mecânicos.

Jimmy interrompeu para perguntar:

— Que diabos você está cantarolando?

Luke cantava consigo:

— *Fiddle de dee, fiddle de dee, the fly has married the bumble bee.*[1]

Ele se desculpou.

— Uma cantiga de quando eu era criança. Não sei por que me veio à mente.

Já havia passado mais de uma semana quando Luke, passando os olhos pela capa do *Times,* deu uma exclamação repentina:

— Valha-me Deus!

Jimmy Lorrimer olhou para ele.

— O que houve?

Luke não respondeu. Estava olhando um nome no impresso.

Jimmy repetiu a pergunta.

Luke ergueu a cabeça e olhou para o amigo. Sua expressão era tão peculiar que Jimmy ficou desconcertado.

— O que houve, Luke? Parece que viu fantasma.

O outro passou alguns instantes sem resposta. Largou o jornal, foi até a janela e voltou. Jimmy o observava, entendendo menos a cada segundo que passava.

Luke largou-se numa poltrona e curvou-se para a frente.

— Jimmy, meu velho, lembra quando falei de uma senhorinha com quem vim no trem de Londres... no dia que cheguei à Inglaterra?

— A que você disse lembrar Tia Mildred? A que foi atropelada?

— Ela mesma. Pois ouça essa, Jimmy. A velhota veio com uma conversa comprida de que ia à Scotland Yard para co-

1 *"Babadi, babadou, e a mosquinha com a abelha casou."* Rima tradicional inglesa. [N. do T.]

municar vários homicídios. Que havia um assassino à solta no vilarejo em que ela morava. Que havia essa situação e que ele estava matando um atrás do outro.

— Você não tinha me dito que ela era lelé — disse Jimmy.

— Não achei que fosse.

— Ah, qual é, meu velho? Homicídios em série?

Luke falou com impaciência:

— Não achei que ela estivesse fora de si. Achei apenas que estivesse deixando a imaginação correr solta, como é do costume das velhinhas.

— Bom, sim, eu imagino que tenha sido algo dessa estirpe. Mas ela devia ser mais para lá do que para cá, não?

— Não quero saber o que *você* imagina, Jimmy. No momento, sou *eu* que estou lhe contando, entendido?

— Ah, sim, sim, entendido... Então, prossiga.

— Ela foi detalhista. Citou uma ou duas vítimas pelo nome e depois explicou que estava abalada mesmo porque sabia qual era a próxima vítima.

— Ah, sabia? — questionou Jimmy, querendo mais.

— Às vezes os nomes grudam na nossa cabeça por motivos tolos. Este nome grudou na minha porque eu o vinculei a uma cantiga boba que me cantavam quando era pequeno. *Fiddle de dee, fiddle de dee, the fly has married the bumble bee.*

— Sim, de altíssima intelectualidade. Mas qual é o sentido?

— O sentido, meu caro asno, é que o nome do sujeito era Humbleby. Dr. Humbleby. A velhota me disse que o Dr. Humbleby seria o próximo. E ela estava nervosa porque ele era "um homem muito querido". O nome grudou na minha cabeça por conta da rima.

— E então? — perguntou Jimmy.

— Então, olhe aqui.

Luke lhe alcançou o jornal, com o dedo pressionado a um registro na coluna de óbitos.

HUMBLEBY. — Em 13 de junho, inesperado, na própria residência em Sandgate, Wychwood-under-Ashe, DR. JOHN EDWARD HUMBLEBY, amado marido de JESSIE ROSE HUMBLEBY. Velório sexta-feira. Sem flores, a pedidos.

— Viu, Jimmy? O nome e o local. E ele é médico. O que você acha?

Jimmy levou um instante para responder. Quando finalmente falou, sua voz saiu séria, mas um tanto insegura:

— Creio que seja uma coincidência daquelas.

— Será, Jimmy? Será? Será que é só isso?

Luke voltou a andar para um lado e para o outro.

— O que mais seria? — indagou Jimmy.

Luke de repente deu um giro.

— Imagine que cada palavra que aquela ovelhinha baliu era *real*! Imagine que essa fantasia fosse pura verdade!

— Ora, meu velho! Seria um pouco forçado, não acha? Esse tipo de coisa não acontece.

— E quanto ao caso Abercrombie? Não foi ele que deu conta de um número escabroso de vítimas?

— Mais do que revelaram — apontou Jimmy. — Um amigo tem um primo que era o legista nas redondezas. Fiquei sabendo por ele. Pegaram Abercrombie quando ele deu arsênico ao veterinário da cidade, aí exumaram a esposa e ela estava puro arsênico, e é quase certo que o cunhado se foi do mesmo jeito... e não parou por aí, nem de longe. Esse meu chapa contou, extraoficialmente, que Abercrombie matou pelo menos quinze. *Quinze!*

— Exatamente. Então essas coisas *acontecem*!

— Sim, mas não com frequência.

— Como você sabe? Pode ter mais frequência do que você imagina.

— Falou o policial! Não dá para esquecer que é policial agora que voltou à vida civil?

— Uma vez policial, sempre policial, imagino eu — disse Luke. — Pois veja bem, Jimmy: imagine que antes de Abercrombie ficar tão ousado a ponto de cometer seus assassinatos debaixo do nariz da polícia, uma velhota tagarela adivinhou o que ele andava fazendo e foi atrás das autoridades para denunciar. Você imagina que alguém ia dar ouvidos à velhota?

Jimmy fez uma careta.

— Nem em sonho!

— Exatamente. Iam dizer que ela tinha um parafuso a menos. Como *você* disse! Ou diriam: "Quanta imaginação. Não tem o que fazer." Como *eu* disse! *E nós dois estaríamos errados, Jimmy.*

Lorrimer passou alguns instantes matutando, depois falou:

— Qual é a situação exata... O que lhe parece?

Luke falou sem pressa:

— O caso se apresenta da seguinte forma. Eu ouvi uma história... Uma história improvável, mas não impossível. Uma das provas, a morte do Dr. Humbleby, sustenta a história. E há um fato significativo. Miss Pinkerton ia à Scotland Yard para contar a história improvável. *Mas não chegou lá.* Foi atropelada e morta por um carro que não parou.

Jimmy fez uma objeção.

— Você não sabe se ela chegou à Scotland Yard. Ela pode ter sido morta após a visita.

— Sim, pode... Mas não creio que tenha sido o caso.

— Isso é suposição. No frigir dos ovos, temos o seguinte: você acredita nesse... você acredita num melodrama.

Luke sacudiu a cabeça, decidido.

— Não, não foi o que eu disse. O que eu disse é que temos um caso a investigar.

— Em outras palavras, *você* vai à Scotland Yard?

— Não, ainda não chegamos a tanto... nem de perto. Como você disse, a morte desse tal Humbleby pode ser mera coincidência.

— Então eu preciso perguntar: o que você sugere?

— Eu sugiro ir até o local e investigar o assunto.

— Então é isso, é?

— Você não acha que é a única maneira de tratar essa situação com sensatez?

Jimmy ficou encarando-o, depois disse:

— Está falando *sério*, Luke?

— Com certeza.

— E se for tudo um sonho desvairado?

— Seria a melhor das hipóteses.

— Sim, claro… — Jimmy franziu o cenho. — Mas você não acha que seja, acha?

— Meu camarada, eu vou manter a mente aberta.

Jimmy ficou um tempo em silêncio. Então disse:

— Tem algum plano? Digo: você precisa de um *motivo* para ter chegado de repente a este ponto.

— Pois é, creio que eu devia ter.

— Não há nada de "creio". Tem noção de como é uma cidadezinha inglesa? Qualquer forasteiro se destaca a um quilômetro de distância!

— Terei que adotar um disfarce — disse Luke, dando um sorriso repentino. — O que você sugere? Artista? Não posso… mal sei desenhar, quanto mais pintar.

— Você podia ser artista moderno — sugeriu Jimmy. — Isso não teria importância.

Mas Luke estava decidido.

— Escritor? Escritores não vão a hospedarias do interior para escrever? Imagino que sim. Pescador, quem sabe… mas vou ter que descobrir se temos um rio por perto. Um inválido que está sob recomendação de respirar o ar puro do campo? Não faço o perfil e, hoje em dia, todo mundo vai para casas de repouso. Quem sabe eu estou procurando uma casa para comprar na região? Mas não ia bater. Que diabo, Jimmy, tem que haver *um* motivo plausível para um estranho afável ir parar num vilarejo do interior da Inglaterra.

Jimmy disse:

— Um momento... deixe-me eu ver esse jornal de novo.

Ele passou os olhos pela notícia e pronunciou-se com toda a glória:

— Era o que eu pensava! Luke, meu garoto, para resumir a história... eu consigo uma desculpa para você. Vai ser mel na chupeta!

Luke virou para ele.

— O quê?

Jimmy prosseguiu com orgulho contido:

— Eu achei que isso me lembrava de alguma coisa! Wychwood-under-Ashe. É claro! Exatamente lá!

— Por acaso você tem um amigo que conhece o legista de lá?

— Desta vez, não. Melhor que isso, meu garoto. A natureza, como você sabe, me abençoou com uma quantidade copiosa de tias e primos. Meu pai foi um entre treze irmãos. E ouça essa: *eu tenho uma prima em Wychwood-under-Ashe.*

— Jimmy, você me espanta.

— Coisa boa, não é? — disse Jimmy, com modéstia.

— Conte mais.

— Ela se chama Bridget Conway. Faz dois anos que é secretária de Lorde Whitfield.

— O dono daqueles jornalecos detestáveis? Dos semanários?

— Esse mesmo. E como aquele homenzinho é detestável também! Empolado que só. Nasceu em Wychwood-under-Ashe e, como é desses esnobes que lhe enfia procedência e pedigree goela abaixo, dos que se vangloria de ter subido na vida pelo próprio esforço, voltou a seu vilarejo natal, comprou o único casarão da vizinhança (que já foi da família de Bridget, a propósito) e se dedicou a transformar a casa em "propriedade modelo".

— E sua prima é secretária do Lorde?

— Era — respondeu Jimmy, misterioso. — Agora ela subiu na vida! Virou noiva do Lorde!

— Ah — disse Luke, um tanto espantado.

— É um ótimo partido, é claro — disse Jimmy. — Rolando na grana. Bridget levou uma rasteira de outro camarada... e aí praticamente perdeu o romantismo. Ouso dizer que isso vai acabar muito bem. Ela provavelmente vai ser muito delicada com ele, mas firme, até o sujeito comer na mão dela.

— E como é que eu entro na história?

Jimmy respondeu de pronto.

— Você vai lá, vai se hospedar... pode dizer que é mais um primo. Bridget tem tantos que um a mais ou um a menos não faz diferença. Eu acerto tudo com ela. Sempre fomos muito amigos. Quanto ao motivo para ir até lá... bruxas, meu garoto.

— Bruxas?

— Folclores, superstições locais... essas coisas. Wychwood-under-Ashe tem uma bela reputação nesse sentido. Um dos últimos lugares onde se teve Sabá de Bruxas... Até o século passado, ainda queimavam bruxas por aquelas bandas. Seguiam tudo que é tradição. Você está escrevendo um livro, entendeu? Correlacionando os costumes do Estreito de Mayang com o folclore inglês arcaico. As coincidências e essas coisas. Disso você entende. Chegue com um caderninho, entreviste o morador mais antigo sobre as superstições e os costumes locais. Eles estão acostumados a essas coisas. Se você se hospedar na Mansão Ashe, já sai com vantagem.

— E quanto a Lorde Whitfield?

— Não vai incomodá-lo. Ele não tem educação nenhuma e acredita em qualquer coisa. Até no que ele publica nos jornais. E Bridget já deixará o homem preparado. Bridget é ótima. Eu respondo por ela.

Luke respirou fundo.

— Jimmy, meu velho, parece que esse negócio vai ser simples. Você é um cara incrível. Se pudesse acertar as coisas com sua prima...

— Sem problema algum. Deixe comigo.

— Gratidão eterna.

Jimmy disse:

— Só peço o seguinte: se você vai caçar um homicida, deixe-me estar presente na hora da morte!

Ele complementou de repente:

— O que foi?

Luke respondeu bem devagar:

— Lembrei de uma coisa que aquela senhorinha me disse. Falei que era difícil cometer tantos assassinatos e sair impune, e ela respondeu que eu estava enganado. Que é fácil matar… — Ele parou, depois disse devagar: — Será que é, Jimmy? Será que…

— O quê?

— Que *é fácil matar…?*

Capítulo 3

Uma bruxa sem vassoura

O sol brilhava quando Luke subiu a serra para entrar na cidadezinha interiorana de Wychwood-under-Ashe. Ele havia comprado um Standard Swallow de segunda mão. Parou por um instante no alto do morro e desligou o motor.

Era verão, um dia quente de sol. Lá embaixo se via um vilarejo alheio aos avanços da vida moderna. À luz do dia ensolarado, ele se apresentava como um lugar inocente e pacífico, delineado por uma rua comprida e sinuosa que acompanhava lá de baixo os cumes saliente da Serra do Ashe.

Era um lugar remoto, estranhamente imaculado. Luke pensou: "Eu devo estar louco. É tudo uma fantasia."

Ele realmente tinha vindo até aqui apenas para caçar um assassino? Apenas por conta da tagarelice de uma idosa e de um obituário que leu por acaso?

Ele fez não com a cabeça.

— É óbvio que essas coisas não acontecem — murmurou ele. — Ou acontecem? Luke, meu garoto, cabe só a você descobrir se é o otário mais crédulo desse mundo ou se seu faro de policial captou alguma coisa.

Ele ligou o motor, engatou a marcha e desceu delicadamente pela estrada sinuosa até entrar na rua principal.

Wychwood, como já se disse, consistia sobretudo em sua rua central. Havia as lojas, as casinhas de estilo georgiano, opulentas e aristocráticas, de degraus brancos e aldravas lustrosas, e as choupanas pitorescas com jardim florido. Havia uma hospedaria, a Bells and Motley, a certa distância da rua. Havia um pequeno parque, um laguinho com patos e, à cabeceira deste, uma altiva mansão georgiana, a casa que Luke considerou de pronto que era seu destino: a Mansão Ashe. Porém, ao aproximar-se, viu que havia uma grande placa recém-pintada dizendo que ali ficava o Museu e Biblioteca local. Mais à frente havia um anacronismo: uma construção grande, toda branca, moderna, austera e irrelevante perante o acaso alegre do que se via em volta. Luke concluiu que era o centro recreativo local.

Foi nesse momento que ele parou e perguntou o caminho para seu destino.

Disseram-lhe que a Mansão Ashe ficava pouco menos de um quilômetro à frente. Ele veria os portões à sua direita.

Luke seguiu seu rumo. Achou os portões com facilidade — eram novos, com desenhos esmerados no ferro fundido. Ele entrou, vislumbrou os tijolos vermelhos entre as árvores e fez uma curva antes de ficar estupefato diante da maçaroca acastelada, imponente e incongruente que recepcionou seus olhos.

Enquanto contemplava aquele pesadelo, o sol se abriu. De repente ele tomou consciência da ameaça sobrejacente que representava a Serra de Ashe. Mordaz e repentina, uma rajada de vento soprou as folhas das árvores. Naquele instante, uma moça saiu de trás da mansão acastelada.

Seus cabelos negros foram soprados pelo vento repentino, e Luke lembrou-se de um quadro: *Bruxa*, de Nevinson. Tinha o rosto comprido, pálido, delicado, e cabelos negros que se elevavam na direção das estrelas. Ele conseguia imaginar a moça sobre um cabo de vassoura, voando na direção da lua...

Ela veio reto em sua direção.

— O senhor deve ser Luke Fitzwilliam. Eu sou Bridget Conway.

Ele tomou a mão que ela estendeu. Agora ele a percebia como realmente era, não num instante brusco de fantasia. Alta, esguia, com um rosto comprido e delicado de bochechas levemente cavas, as sobrancelhas negras, irônicas, olhos e cabelos pretos. Ela parecia um entalhe ornado, pensou. Comovente e bela.

Durante sua viagem de volta à Inglaterra, Luke carregara uma imagem no fundo da mente: uma moça inglesa ruborizada e queimada pelo sol, acariciando o pescoço de um cavalo, agachando-se para tirar ervas daninhas de um jardim herbáceo, sentada, estendendo as mãos para as chamas de uma fogueira. Era uma imagem graciosa, que o deixava à vontade…

E agora… Ele não sabia se havia gostado ou não de Bridget Conway, mas sabia que aquela imagem oculta balançou e quebrou. Virou algo insignificante, tolo.

Ele disse:

— Como vai? Devo pedir desculpas por me aproveitar da sua generosidade. Jimmy supôs que a senhorita não ia se importar.

— Ora, não nos importamos mesmo. Ficamos encantados em recebê-lo. — Ela sorriu, um sorriso curvo e repentino que fazia os cantos da boca comprida subirem a meia bochecha. — Jimmy e eu sempre nos ajudamos. E se o senhor está preparando um livro sobre folclore, este lugar é esplêndido. Há todo tipo de lenda e de lugares pitorescos.

— Esplêndido — concordou Luke.

Eles foram juntos na direção da casa. Luke arriscou mais uma espiada. Foi quando discerniu traços de uma habitação mais moderada, à moda da Rainha Anne, encoberta e sufocada pela magnificência da flora. Lembrou o comentário de Jimmy, de que a casa pertencia originalmente à família de Bridget. Aquilo, pensou ele, tinha sido nos tempos de menos adornos. Ao arriscar mais uma espiada no perfil da moça, das suas mãos belas e compridas, ele conjecturou.

Supunha que ela tivesse 28 ou 29 anos. Era inteligente. Daquelas pessoas das quais não se sabia absolutamente nada, a não ser que ela quisesse…

Por dentro, a casa era aconchegante, de bom gosto; o bom gosto de um decorador de primeira. Bridget Conway tomou a frente em uma sala com estantes de livros e poltronas confortáveis, onde se via uma mesa de chá próxima à janela e duas pessoas sentadas. Ela disse:

— Gordon, este é Luke, que, digamos assim, é primo de um primo meu.

Lorde Whitfield era um homem baixinho e quase calvo. Seu rosto era redondo e cândido, com uma boca que terminava em biquinho e olhos cor de groselha fervida. Vestia roupas interioranas, de aparência desleixada. Não valorizavam sua silhueta, que pronunciava a barriga.

Ele recebeu Luke com muita afabilidade.

— Que prazer recebê-lo… que grande prazer. Pelo que ouvi, o senhor acabou de voltar do Oriente, é isso? Um lugar muito interessante. Está escrevendo um livro, pelo que Bridget me contou. Dizem que hoje em dia se escrevem livros demais. Eu acho que não… sempre se tem espaço para os bons.

Bridget apresentou:

— Minha tia, Mrs. Anstruther. — E Luke apertou a mão de uma senhora de meia-idade com um sorriso ridículo.

Mrs. Anstruther, como Luke logo veio a descobrir, dedicava-se à jardinagem de corpo e alma. Ela nunca falava de outra coisa, e sua mente estava constantemente ocupada por considerações a respeito de planta raras e se iam vingar no lugar onde desejava plantá-las.

Depois da apresentação, ela disse:

— Pois veja, Gordon, que o ponto ideal para um jardim ornamental seria logo depois da roseira, e aí você teria um jardim de águas dos mais maravilhosos, onde o córrego passa pelo baixio.

Lorde Whitfield esticou-se na poltrona.

— Acerte isso com Bridget — falou ele, tranquilo. — Para mim, jardins de pedra são uma besteira… não que isso venha ao caso.

— Jardins de pedra não são espalhafatosos como seu gosto, Gordon — disse Bridget.

Ela serviu chá para Luke, e Lorde Whitfield falou com toda a placidez:

— É isso mesmo. Eu diria que a relação custo-benefício não é boa. Uma e outra florzinha que mal se enxerga… Eu gosto de espetáculo, de estufas, de belos canteiros com gerânios escarlates.

Mrs. Anstruther, que tinha o dom *par excellence* de prosseguir com seu assunto sem dar atenção aos dos outros, disse:

— Creio que as rosas-das-rochas que se encontram hoje em dia seriam perfeitas para o clima. — E imergiu nos catálogos.

Recostando sua pequena silhueta atarracada na poltrona, Lorde Whitfield provou do seu chá e começou a analisar Luke.

— Então o senhor escreve — murmurou ele.

Um tanto nervoso, Luke estava prestes a começar suas explicações quando percebeu que, na verdade, Lorde Whitfield não estava à cata de informação.

— Muitas vezes considerei — disse Lorde Whitfield, em tom complacente — que me agradaria escrever um livro.

— É mesmo? — disse Luke.

— *Talvez,* veja bem — apontou Lorde Whitfield. — E seria um livro muito interessante. Eu conheci muita gente, gente curiosa. O problema é que não tenho *tempo.* Sou muito ocupado.

— É claro. Eu imagino.

— O senhor não ia acreditar nos fardos que eu tenho que carregar — disse o lorde. — Dou atenção individualizada a cada uma das minhas publicações. Eu me considero responsável por moldar a mente do grande público. Na semana que vem, milhões vão pensar e sentir exatamente o que eu quiser que sintam e pensem. É uma consideração que impressiona. Ou seja: tenho uma responsabilidade. E eu não me importo com responsabilidades. Não tenho medo. Eu *aceito* as responsabilidades.

Lorde Whitfield desinflou o peito, tentou recuar o estômago e observou Luke amigavelmente.

Bridget Conway falou em tom alegre:

— Você é um grande homem, Gordon. Tome mais chá.

Lorde Whitfield respondeu apenas:

— *Sou* um grande homem. Não, não quero mais chá.

Então, descendo de seu Olimpo para o nível de mortais mais ordinários, ele questionou seu convidado com um tom gentil:

— Conhece alguém neste cantinho do mundo?

Luke fez que não. Então, por impulso, e sentindo que quanto antes ele entrasse em sua função, melhor, complementou:

— Bom, há um homem aqui que eu me prometi que ia procurar. Um amigo de um amigo. Chama-se Humbleby. É médico.

— Ah! — Lorde Whitfield sentou-se reto na poltrona. — O Dr. Humbleby? Que lástima.

— Por que lástima?

— Morreu não faz uma semana — disse Lorde Whitfield.

— Minha nossa — disse Luke. — Sinto muito.

— Não sei se o senhor teria gostado da pessoa — disse Lorde Whitfield. — Um velho tolo, cheio de opiniões, pernicioso, de ideias turvas.

— Ou seja — interveio Bridget —, ele discordava de Gordon.

— Teve a ver com nosso abastecimento de água — disse Lorde Whitfield. — Pois que lhe digo, Mr. Fitzwilliam: tenho consciência cívica. Levo o bem-estar desta cidade no meu coração. Eu nasci aqui. Exatamente aqui, nesta cidade...

Luke ficou desapontado ao perceber que eles haviam abandonado o tópico Dr. Humbleby e voltado ao tópico Lorde Whitfield.

— Não tenho vergonha e não me interessa quem sabe — prosseguiu o cavalheiro. — Não nasci com privilégios. Meu pai tinha uma sapataria... sim, uma reles sapataria. E eu trabalhava nessa loja quando era moço. Construí tudo por esforço próprio, Fitzwilliam. Eu decidi sair daquela vala... e *saí*! Perseverança, trabalho duro e o apoio de Deus. Foi isso! Foi assim que eu virei o que sou hoje.

Detalhes abrangentes da carreira de Lorde Whitfield foram trazidos à baila, em prol da instrução de Luke. O lorde encerrou, triunfal:

— Aqui estou, e o mundo inteiro que saiba como cheguei aqui! Não tenho vergonha das minhas origens. Não, senhor. Voltei para cá, onde nasci. Sabe o que fica hoje onde era a sapataria do meu pai? Um belo prédio construído e doado por *mim*: cursos, Centro Cívico, tudo nos trinques, da melhor qualidade. Contratei o melhor arquiteto do país! E confesso que o serviço dele ficou muito simples, sem adornos... me parece um albergue, uma penitenciária... Mas me disseram que ficou bom assim, então vou concordar.

— Anime-se — disse Bridget. — Nesta mansão, você fez tudo que queria!

Lorde Whitfield deu uma risadinha que confirmava o comentário.

— Aqui tentaram passar por cima de mim! Que eu devia seguir o espírito da construção original. "Não!", eu falei. Eu vou *morar* nessa casa, e quero uma coisa que *mostre* que eu tenho dinheiro! Um arquiteto não quis fazer o que eu queria, então o demiti e consegui outro. O camarada que consegui no final entendeu muito bem minhas ideias.

— Cedeu a seus caprichos mais horrorosos... — apontou Bridget.

— Ela queria deixar a casa como era — disse Lorde Whitfield. Ele deu tapinhas no braço dela. — Não há por que viver no passado, meu bem. Os velhos georgianos não entendiam das coisas. Eu não queria uma casinha simples de tijolinhos à vista. Sempre tive gosto por um castelo... e agora tenho o meu castelo!

Ele complementou:

— Sei que meu gosto não é muito chique, então dei *carte blanche* para ele cuidar do interior. Devo dizer que não fizeram nada de mal. Embora algumas partes sejam um bocado sem graça.

— Bem — disse Luke, um tanto quanto sem palavras —, é ótimo quando a pessoa sabe o que quer.

— E geralmente consigo o que quero também — disse o outro, às risadas.

— Você quase não levou a melhor no caso do abastecimento de água — lembrou Bridget.

— Ah, isso! — disse Lorde Whitfield. — Humbleby era um tolo. Esses velhinhos têm uma tendência à cabeça-dura. Eles não dão ouvidos à razão.

— O Dr. Humbleby era um homem muito falador, não era? — arriscou-se Luke. — Imagino que tenha ganhado muitos inimigos por ser assim.

— N-não, não sei se eu diria isso — contestou Lorde Whitfield, coçando o nariz. — Era, Bridget?

— Sempre achei que ele fazia sucesso com todos — disse Bridget. — Só o encontrei quando ele veio ver meu tornozelo aquela vez, mas achei-o muito querido.

— Sim, ele era popular em termos gerais — admitiu Lorde Whitfield. — Embora eu conheça uma ou duas pessoas que tinham desavenças com ele. Pela cabeça-dura, mais uma vez.

— Essa uma ou essas duas pessoas moravam aqui?

Lorde Whitfield assentiu.

— Há muitas rixas e panelinhas em cidades como a nossa — afirmou.

— Sim, imagino — disse Luke. Ele hesitou, sem saber o próximo passo. — Que tipo de pessoa mora aqui, falando em termos gerais? — questionou.

Foi uma pergunta fraca, mas a resposta foi instantânea.

— As que sobraram, acima de tudo — disse Bridget. — Filhas, irmãs e esposas de clérigos. Dos médicos também. Aproximadamente seis mulheres para cada homem.

— E há *algum* homem? — questionou Luke.

— Ah, sim, temos Mr. Abbot, o advogado, e o jovem Dr. Thomas, sócio do Dr. Humbleby, assim como Mr. Wake, o pároco, e… quem faltou, Gordon? Ah! Mr. Ellsworthy, que tem o antiquário e que é um doce, uma pessoa adorável! E o Major Horton com seus buldogues.

— Tem mais alguém que creio que meus amigos mencionaram que mora aqui — disse Luke. — Dizem que é uma velhinha muito querida, mas que fala demais.

Bridget riu.

— Isso se aplica a metade do vilarejo!

— Como era mesmo o nome? Ah, lembrei. Pinkerton!

Lorde Whitfield falou com uma risada rouca:

— Ora, mas você não tem sorte mesmo! Ela também faleceu. Foi atropelada um dia desses em Londres. Morreu na hora.

— Parece que vocês têm muitos mortos por aqui — disse Luke, em tom amigável.

Lorde Whitfield enervou-se imediatamente.

— De modo algum. Um dos lugares mais saudáveis da Inglaterra. Não podemos contabilizar acidentes. Pode acontecer com qualquer um.

Mas Bridget Conway falou, pensativa:

— Na verdade, Gordon, *tivemos* muitas mortes neste último ano. Os velórios não param.

— Não diga absurdos, meu bem.

Luke falou:

— A morte do Dr. Humbleby também foi acidental?

Lorde Whitfield fez que não.

— Ah, não — disse ele. — Humbleby morreu de septicemia aguda. Bem coisa de médico. Raspou o dedo em um prego enferrujado, algo assim… não deu bola e infeccionou. Morreu em questão de três dias.

— Os médicos são assim mesmo — falou Bridget. — Imagino que fiquem muito propensos a infecções, caso não se cuidem. Mas foi muito triste. A esposa ficou de coração partido.

— Não há como se rebelar contra a vontade da providência divina — afirmou Lorde Whitfield, calmamente.

"Mas terá sido a providência divina?", perguntou-se Luke mais tarde, enquanto vestia seu smoking. Septicemia? Talvez. Mas foi uma morte muito brusca.

E assim ecoaram pela sua mente as palavras tranquilas de Bridget Conway:

"*Tivemos muitas mortes neste último ano.*"

Capítulo 4

Luke inicia os trabalhos

Luke havia projetado sua estratégia de ataque com certa atenção e preparou-se para colocá-la em prática sem mais delongas quando desceu para o café na manhã seguinte.

A tia jardineira não estava à vista, mas Lorde Whitfield comia rins e bebia café, enquanto Bridget Conway havia terminado o desjejum e estava parada à janela, olhando para o lado de fora.

Depois da troca de bons-dias e de Luke sentar-se com um prato abundante de ovos e bacon, ele lançou:

— Tenho que começar os trabalhos — disse ele. — Como é difícil estimular as pessoas a falar. O senhor sabe o que quero dizer... não pessoas como o senhor ou, hã, Bridget. — (Ele lembrou a tempo de não dizer Miss Conway.) — Vocês me *contariam* tudo que sabem... Mas a questão é que não *saberiam* o que preciso saber: no caso, das superstições locais. Mal acreditariam na quantidade de superstições que ainda perduram nas regiões afastadas do mundo. Vejam só este vilarejo em Devonshire. O pároco teve que remover os menires que ficavam perto da igreja porque o povo insistia nesse ritual antigo de fazer marchas na volta das pedras toda vez que acontecia alguma morte. É incrível como esses ritos pagãos persistem.

— Ouso dizer que o senhor tem razão — disse Lorde Whitfield. — Educação: é disso que o povo precisa. Já lhe disse que eu financiei uma ótima biblioteca aqui na cidade? Era a antiga mansão, que estava à venda por uma bagatela. Agora é uma das mais belas bibliotecas...

Luke foi firme em conter a tendência das conversas em voltar-se para os feitos de Lorde Whitfield.

— Esplêndido — falou, em toda sua cordialidade. — Bom trabalho. O senhor evidentemente percebeu o histórico de ignorâncias do velho mundo que temos aqui. Mas é claro que, da minha parte, é justamente essa ignorância que eu busco. Os costumes antiquados, as histórias da carochinha, sugestões de rituais antigos, tais como...

Aqui se seguiu praticamente *ipsis literis* a página de um livro que Luke havia consultado para a ocasião.

— A morte é o ponto de partida mais promissor — concluiu. — Ritos e costumes fúnebres sempre perduram mais que outros. Além disso, não sei o porquê, mas pessoas de vilarejo sempre gostam de falar de mortes.

— Elas gostam de velórios — concordou Bridget, da janela.

— Achei que deveria ser meu ponto de partida — prosseguiu Luke. — Se conseguir uma lista de mortes recentes na paróquia, localizar os parentes e começar uma conversa, não tenho dúvida de que logo conseguirei o que busco. Quem seria a melhor pessoa com quem conseguir estes dados? O pároco?

— Mr. Wake provavelmente vai se interessar — disse Bridget. — É um velhinho muito querido e uma espécie de antiquário. Imagino que possa lhe passar muita coisa.

Luke teve um receio momentâneo, no qual torceu para que o clérigo não fosse tão eficiente como antiquário a ponto de expor suas pretensões.

Em voz alta, ele se pronunciou com pleno entusiasmo:

— Que bom. Imagino que vocês não teriam ideia da lista de falecidos do último ano, teriam?

Bridget falou, baixinho:

— Deixe-me ver. Carter, é claro. Era o proprietário do Seven Stars, aquele pub detestável que fica perto do rio.

— Rufião e beberrão — disse Lorde Whitfield. — Desses brutos socialistas, abusados. Já foi tarde.

— E Mrs. Rose, a lavadeira — prosseguiu Bridget. — E o pequeno Tommy Pierce... era um moleque dos mais detestáveis que há. Ah, claro: aquela Amy Sei-lá-do-quê.

A voz dela alterou-se levemente ao proferir o último nome.

— Amy? — disse Luke.

— Amy Gibbs. Trabalhou como arrumadeira aqui e depois com Miss Waynflete. Fizeram até uma investigação.

— Por quê?

— A tolinha confundiu frascos no escuro... — disse Lorde Whitfield.

— Ela tomou tinta de pintar chapéu achando que era xarope — explicou Bridget.

Luke ergueu as sobrancelhas.

— Foi uma tragédia.

Bridget disse:

— Comentou-se que ela teria feito de propósito. Devido a uma altercação com um rapaz.

Ela falou devagar, quase com relutância.

Houve uma pausa. Luke sentiu a presença de uma opinião tácita pesando no ar.

Pensou: "Amy Gibbs? Foi um dos nomes que Miss Pinkerton falou."

Ela também havia falado em um garotinho, Tommy, quem sabe? Sobre o qual evidentemente tinha opinião desfavorável. (Da qual Bridget compartilhava, pelo jeito!) E, sim, ele tinha quase certeza de que o nome Carter também tinha sido mencionado.

Levantando-se, ele falou em tom mais animado:

— Falar assim me dá uma sensação mórbida, como se eu estivesse lidando com cemitérios. Costumes matrimoniais também me interessam... mas é um assunto mais difícil de puxar numa conversa de maneira trivial.

— Eu imagino — disse Bridget com um leve torcer dos lábios.

— Maldizeres ou maus-olhados, aí está outro assunto interessante — prosseguiu Luke, com pretensa demonstração de entusiasmo. — É comum de se encontrar nestes pontos do velho mundo. Sabem de alguma boataria desta estirpe?

Lorde Whitfield fez um não devagar com a cabeça. Bridget Conway disse:

— Não é comum ouvirmos essas coisas...

Luke se corrigiu antes de ela terminar de falar.

— Não há dúvida, tenho que descer aos substratos mais inferiores para conseguir o que eu quero. Vou passar primeiro no presbitério e ver o que consigo. Depois, quem sabe, uma visita ao... Seven Stars, foi isso que o senhor disse? E quanto a esse garoto de hábitos travessos? Ele deixou algum parente em luto?

— Mrs. Pierce, que tem a papelaria e tabacaria na High Street.

— Isso será providencial — disse Luke. — Bom, estou de saída.

Em um movimento rápido e gracioso, Bridget saiu de perto da janela.

— Acho que vou junto — disse ela —, caso não se importe.

— É claro que não me importo.

Ele falou da forma mais calorosa possível, mas ficou questionando se ela havia percebido que, por um instante, ele ficara desconcertado.

Seria mais fácil ele lidar com um clérigo de idade sem alguém de inteligência criteriosa e alerta ao seu lado.

"Ah, mas enfim", pensou ele consigo. "Quem tem que convencer sou eu."

Bridget falou:

— Poderia esperar enquanto eu troco os sapatos, Luke?

Luke: seu primeiro nome, proferido com tanta tranquilidade, lhe deu uma sensação esquisita e calorosa. E do que mais ela iria chamá-lo? Como ele havia aceitado este plano de ser primo de Jimmy, ela não teria como chamá-lo de Mr. Fitzwilliam. Incomodado, de repente ele se deu conta: "O que ela acha de tudo isso? Por Deus, o que será que ela pensa?"

Era esquisito que aquilo não o houvesse preocupado de antemão. A prima de Jimmy era apenas uma ideia abstrata, uma pessoa qualquer. Ele mal a havia imaginado, apenas aceitado a sentença do amigo de que "Bridget não vai reclamar".

Ele havia pensado nela — se é que chegara a pensar nela — como uma secretariazinha loira, astuta o suficiente para conquistar um ricaço.

Mas não. Ela tinha potência, cérebro, inteligência fria e desanuviada, e ele não tinha ideia do que ela pensava a respeito dele. Ele pensou: "Não é uma pessoa fácil de se enganar."

— Estou pronta.

Ela havia voltado e se postado ao lado de forma tão silenciosa que ele nem ouvira. Ela não usava chapéu e nem rede nos cabelos. Ao saírem da casa, o vento, contornando a lateral da monstruosidade acastelada, pegou seus longos cabelos negros e fez eles chicotearem seu rosto.

Ela falou sorrindo:

— Você vai precisar de mim para se orientar.

— Muito gentil da sua parte — respondeu ele, atenciosamente.

E questionou se havia visto ou imaginado um sorriso irônico, mas fugaz.

Ao voltar os olhos para as ameias atrás de si, ele falou com certa irritação:

— Que coisa abominável! Ninguém tentou impedi-lo?

Bridget respondeu:

— A casa de um inglês é seu castelo. No caso de Gordon, literalmente! Ele a tem em altíssima estima.

Consciente de que o comentário havia sido de mau gosto, mas ainda incapaz de controlar a língua, ele disse:

— Já foi sua casa, não foi? Por acaso você a tem "em altíssima estima" ao ver o jeito como ficou?

Ela o encarou: um olhar fixo, levemente curioso.

— Não queria destruir a imagem dramática que você está construindo — falou em tom mais baixo. — Mas, na verdade, deixei esta casa quando tinha dois anos e meio, então leve em conta que a temática "minha velha casinha" não se aplica. Eu nem me lembro desse lugar.

— Tem razão — disse Luke. — Perdoe o lapso pelo cinematográfico.

Ela riu.

— A verdade — disse ela — raramente é romântica.

E ele ouviu um desprezo amargo e repentino naquela voz que o deixou assustado. Seu rosto ficou rubro por baixo do bronze. Mas em seguida percebeu que a amargura não se direcionava a ele. Era o desprezo e a amargura dela mesma. Luke achou prudente ficar em silêncio, mas ficou pensando muito em Bridget Conway...

Eles chegaram à igreja, com o presbitério ao lado, em cinco minutos. Encontraram o vigário em seu escritório.

Alfred Wake era um idoso baixinho e recurvado com olhos azuis e tranquilos, e ar de distraído embora atencioso. Parecia feliz, mas um tanto surpreso com a visita.

— Estamos recebendo Mr. Fitzwilliam na Mansão Ashe — disse Bridget — e ele gostaria de consultar o senhor quanto a um livro que está escrevendo.

Mr. Wake voltou seus olhos levemente inquisitivos para o moço, e Luke disparou às explicações.

Ele estava nervoso, e nervoso em dobro. Em primeiro lugar, porque este homem tinha um conhecimento que ia muito além do folclore e dos ritos e costumes supersticiosos que se adquire abarrotando-se de livros a esmo e com pressa. Em segundo lugar, estava nervoso porque Bridget Conway estava do seu lado, na escuta.

Luke ficou aliviado ao saber do interesse especial que Mr. Wake tinha por artefatos romanos. O pároco confessou educadamente que entendia muito pouco de folclore medieval e bruxarias. Comentou que existiam certos artefatos na história de Wychwood, ofereceu-se para levar Luke a uma saliência específica no morro onde se dizia que promoviam os Sabás, mas expressou pesar por não poder acrescentar informações especiais da sua parte.

Embora aliviado no íntimo, Luke expressou-se um tanto decepcionado, e então lançou-se em perguntas quanto a superstições no leito de morte.

Mr. Wake fez que não, de forma educada.

— Sinto dizer que eu seria a última pessoa a saber dessas coisas. Minha paróquia é atenciosa e afasta dos meus ouvidos tudo que não for ortodoxo.

— Eu imagino.

— De qualquer modo, não tenho dúvida de que as superstições ainda *abundam*. As comunidades de vilarejos como o nosso são muito atrasadas.

Luke permitiu-se uma ousadia.

— Já questionei Miss Conway a respeito de todas as mortes recentes que ela conseguiria recordar. Achei que assim chegaria a algum ponto. Imagino que o senhor poderia me fornecer uma lista, para eu separar os mais prováveis.

— Sim, sim… posso providenciar. Giles, nosso sacristão, um grande camarada, mas infelizmente surdo, poderia ajudá-lo neste sentido. Deixe-me ver. Houve muitas, e muitas mesmo, depois de um inverno difícil, a primavera foi traiçoeira. E foram tantos acidentes… uma maré de azar, aparentemente.

— Às vezes — disse Luke — atribui-se uma maré de azar à presença de uma pessoa.

— Sim, sim. A história de Jonas. Mas não creio que muitos estranhos tenham passado por aqui. Ninguém, no caso, de destaque em qualquer sentido, e eu mesmo nunca ouvi falatório quanto a essa sensação. De qualquer modo, como já disse, é possível que nem ouvisse. Recentemente tivemos Dr. Humbleby e a pobre Lavinia Pinkerton… excelente pessoa, o Dr. Humbleby…

Bridget interveio:

— Mr. Fitzwilliam conhece amigos dele.

— É mesmo? Foi muito triste. Uma perda que será sentida. Era um homem de muitas amizades.

— Mas também um homem de muitos inimigos, decerto — disse Luke. — Foi o que ouvi de meus amigos — prosseguiu, apressando-se em acrescentar.

Mr. Wake soltou um suspiro.

— Um homem que falava o que pensava... e um homem que nem sempre tinha tato, digamos assim... — Ele fez não com a cabeça. — Os outros se ofendiam. Mas ele era muito amado entre as classes menos abastadas.

Luke falou em tom despreocupado:

— Sabe que eu sempre pensei que um dos fatos mais desagradáveis a se encarar na vida é que toda morte representa ganho para alguém. E não digo apenas no sentido financeiro.

O vigário assentiu, pensativo.

— Entendo o que o senhor quer dizer, entendo. Lemos num obituário que todos terão saudade de um homem, mas raramente será verdade. Nesse caso, não há como negar que seu sócio, Dr. Thomas, ficará em situação muito melhor com a morte do Dr. Humbleby.

— Mas como?

— Thomas, acredito eu, é um sujeito muito capaz... como o próprio Humbleby teria dito. Mas ele não conseguiu se firmar na cidade. Creio que fosse ofuscado por Humbleby, que era um homem de magnetismo incontestável. Thomas, por outro lado, parecia inane. Ele não causava impressão alguma nos pacientes. Acho que também se abalava com isso, o que o deixava pior. Mais nervoso e mais enrolado para falar. Aliás, já percebi uma diferença gritante. Ele está mais confiante... ganhou personalidade. Creio que renovou a autoconfiança. Parece que ele e Humbleby nem sempre concordavam. Thomas aceitava novos tratamentos e Humbleby preferia se ater aos antigos. Houve embates entre os dois, mais de uma vez, quanto a isso e também quanto a uma questão mais íntima... mas eu não devia ficar de fuxicos.

Bridget falou com clareza e leveza:

— Mas eu acho que Mr. Fitzwilliam gostaria do fuxico!

Luke disparou um olhar ferino a Bridget.

Mr. Wake sacudiu a cabeça, fez uma expressão de dúvida, mas depois seguiu, sorrindo um tanto em reprovação pessoal.

— Sinto dizer que não se deve ter tanta atenção aos assuntos dos outros. Rose Humbleby é uma menina muito bonita. Não é de se espantar que Geoffrey Thomas tenha se apaixonado. O ponto de vista de Humbleby era bastante compreensível: a moça é jovem e, escondida aqui, ela não tinha como conhecer outros homens.

— Ele foi contra? — perguntou Luke.

— Absolutamente contra. Dizia que eles eram muito novos. E claro que os jovens se ofendem quando ouvem esse tipo de coisa! Havia um estranhamento entre os dois homens. Mas preciso que dizer que tenho certeza de que Dr. Thomas ficou muito perturbado com a morte inesperada do sócio.

— Septicemia, pelo me contou Lorde Whitfield.

— Sim... um mero arranhão que infeccionou. Médicos correm muitos riscos na profissão, Mr. Fitzwilliam.

— Correm, de fato — concordou Luke.

Mr. Wake retomou bruscamente.

— Mas desviei demais daquilo que estávamos falando. Temo ter virado um velho fofoqueiro. Estávamos falando da resistência que têm os costumes fúnebres pagãos e das últimas mortes. Houve o caso de Lavinia Pinkerton, uma das voluntárias mais queridas da paróquia. Depois, aquela pobre moça, Amy Gibbs... aqui poderá encontrar algo na sua linha, Mr. Fitzwilliam. O senhor há de saber que houve alguma desconfiança quanto a suicídio. E há certos ritos sinistros em relação a esse tipo de morte. Ela tem uma tia... que não era, infelizmente, uma mulher de grande estima nem muito ligada à sobrinha, mas que fala bastante.

— Valiosa — disse Luke.

— Depois tivemos Tommy Pierce... ele já foi do coral. Um belo agudo, angelical... Mas sinto dizer que, como garoto, não tinha nada de anjo. Acabamos tendo que tirá-lo do canto, pois ele induzia outros meninos ao mau comportamento. Pobre rapaz, creio que não era benquisto onde quer que fosse. Foi dispensado da agência postal, onde havíamos lhe conseguido uma vaga no telégrafo. Passou algum tempo no gabinete de Mr. Abbot, mas foi dispensado em seguida... meteu-se com documentos confidenciais, se não me engano. Depois, evidentemente, passou algum tempo na Mansão Ashe, não foi, Miss Conway? Era jardineiro. E Lorde Whitfield teve que dispensá-lo por uma impertinência. Fiquei com tanta pena da sua mãe... uma alma muito decorosa e trabalhadora. Miss Waynflete foi gentil em lhe conseguir o serviço de limpador de janelas. Lorde Whitfield foi contra no início, mas de repente cedeu. Aliás, foi uma tristeza ele ter aceitado.

— Por quê?

— Porque foi assim que o garoto morreu. Ele estava limpando as janelas mais altas da biblioteca (a antiga mansão, como o senhor sabe) e se meteu a fazer uma besteira. Ficou dançando no peitoril da janela, algo assim. Perdeu o equilíbrio, ou teve uma tontura, e caiu. Foi um acidente sórdido! Não recobrou a consciência e morreu poucas horas depois de ir para o hospital.

— Alguém viu o garoto cair? — perguntou Luke, interessado.

— Não. Ele estava do lado do jardim, não na frente da casa. Estimam que tenha ficado meia hora caído antes de alguém o encontrar.

— Quem o encontrou?

— Miss Pinkerton. Lembra da senhora que eu acabei de citar, que outro dia teve a infelicidade de morrer em um acidente? Pobre alma. Como ela ficou sentida. Que experiência desagradável! Ela havia obtido permissão para tirar mudas de algumas plantas e encontrou o menino exatamente onde tinha caído.

— Deve ter sido um grande choque — disse Luke, pensativo.

"Um choque maior", pensou consigo, "do que *vocês* imaginam..."

— Uma vida tão jovem que se encurta é muito triste — assentiu o idoso, fazendo que não com a cabeça. — Os defeitos de Tommy deviam-se sobretudo a sua vivacidade.

— Era um valentão repugnante — disse Bridget. — E o senhor sabe que era, Mr. Wake. Ele estava sempre importunando os gatos e cachorros na rua, beliscando os garotinhos.

— Eu sei, eu sei. — Mr. Wake sacudiu a cabeça, triste. — Mas, como sabe, minha cara Miss Conway, às vezes a crueldade não é tanto inata, mas se deve ao fato de que a imaginação demorou a amadurecer. É por isso que, quando se concebe um homem adulto com mentalidade de criança, você percebe que a astúcia e a brutalidade de um lunático podem passar totalmente despercebidas pelo homem em si. Estou convicto de que a falta de maturidade em um aspecto ou outro é a raiz de boa parte da crueldade e brutalidade no mundo de hoje. A pessoa tem que deixar as meninices para trás...

Ele sacudiu a cabeça e esticou as mãos.

Bridget falou com uma voz repentinamente embargada:

— Sim, tem razão. Sei do que o senhor diz. O homem infantil é a coisa mais assustadora do mundo...

Luke olhou para ela com curiosidade. Estava convencido de que ela pensava em uma pessoa específica. Embora Lorde Whitfield fosse excessivamente infantil em alguns aspectos, não achou que fosse nele. Lorde Whitfield era um tanto quanto ridículo, mas de modo algum chegava a assustar.

Luke Fitzwilliam ficou pensando quem seria a pessoa que Bridget tinha em mente.

Capítulo 5

A visita a Miss Waynflete

Mr. Wake murmurou alguns nomes.

— Deixe-me ver... a pobre Mrs. Rose, o velho Bell, o filho dos Elkins, Harry Carter... não são do meu convívio, se é que me entende. Mrs. Rose e Carter eram descrentes. E o frio de março levou o coitado do Ben Stanbury. Estava com 92.

— Amy Gibbs faleceu em abril — disse Bridget.

— Sim, pobre moça... Que erro lamentável.

Luke ergueu os olhos e viu que Bridget o observava. Ela baixou o olhar com pressa. Ele pensou, um pouco incomodado: "Tem alguma coisa aqui que eu não captei. E tem a ver com essa moça, Amy Gibbs."

Quando eles deixaram a casa do vigário e estavam de volta à rua, ele disse:

— Quem e o *que* era Amy Gibbs?

Bridget levou alguns instantes para responder. Luke percebeu uma leve contenção na sua voz.

— Amy foi uma das arrumadeiras mais incompetentes que eu já conheci — disse ela.

— Por isso foi demitida?

— Não. Ela ficava na rua até altas horas, de travessuras com um moço. Gordon tem uma visão de mundo muito moralista e antiquada. Na percepção dele, o pecado só acontece depois das 23 horas, e a partir daí não tem contenção. Então ele demitiu a moça e ela foi impertinente.

Luke perguntou:

— Era bonita?

— Muito bonita.

— Foi ela quem trocou a tinta de pintar chapéus pelo xarope para tosse?

— Foi.

— Uma coisa um tanto burra de se fazer, não? — arriscou Luke.

— Muito burra.

— Ela era burra?

— Não, era muito astuta.

Luke arriscou um olhar a Bridget. Ele estava confuso. As respostas dela saíam em tom tranquilo, sem nenhuma ênfase ou interesse. Mas, por trás do que ela dizia, ele estava convencido de que havia algo que não era colocado em palavras.

Naquele instante, Bridget parou para conversar com um homem alto que tirou o chapéu e a recebeu com cordialidade jovial.

Bridget trocou algumas palavras com o cavalheiro e então apresentou Luke.

— Este é Mr. Fitzwilliam, meu primo. Ele está hospedado na Mansão e veio escrever um livro. Este é Mr. Abbot.

Luke olhou para Mr. Abbot com algum interesse. Era o advogado que havia empregado Tommy Pierce.

Luke tinha um preconceito um tanto quanto irracional contra advogados — com base no fato de que muitos políticos eram recrutados entre a classe. Também o incomodava o hábito cauteloso deles de não se comprometer. Mr. Abbot, contudo, não era um advogado convencional, pois não era nem magro, nem frugal, nem taciturno. Era um homem grande, vistoso, que vestia *tweed* de maneira espalhafatosa e tinha uma efusividade jovial. Tinha pequenas rugas no canto dos olhos, e os olhos em si eram mais astutos do que se podia avaliar à primeira vista.

— Está escrevendo um livro, é? Um romance?

— Sobre folclore — disse Bridget.

— Então veio ao lugar certo — disse o advogado. — Esse cantinho do mundo é muitíssimo interessante.

— Assim me levaram a crer — disse Luke. — Arrisco-me a dizer que o senhor poderia ajudar. O senhor deve deparar-se com títulos de propriedade curiosos... ou deve saber de costumes interessantes que persistem.

— Bom, não sei ao certo... talvez, talvez.

— Acreditam em fantasmas por aqui? — perguntou Luke.

— Quanto a isso não sei dizer... não saberia mesmo.

— Nem casas assombradas?

— Não... não sei de nada nesse sentido.

— Há as superstições com crianças, claro — disse Luke. — Quando acontece a morte de um filho pequeno, principalmente uma morte violenta... que o garoto volta. Nunca é com as filhas, o que é interessante.

— Muito — disse Mr. Abbot. — Essa eu nunca havia ouvido.

Como Luke havia acabado de inventar a crendice, ele não ficou surpreso.

— Parece que aqui há um garoto, Tommy não-sei-do-quê, que já passou pelo seu escritório. Tenho motivos para crer que acham que *ele* voltou.

O rosto avermelhado de Mr. Abbot ficou um tanto roxo.

— Tommy Pierce? Um insolente, um intrometido. Um xereta imprestável.

— Os espíritos tendem a ser travessos. Cidadãos de bem tementes às leis raramente incomodam o mundo depois de deixá-lo.

— Quem o viu? O que contam?

— São coisas difíceis de se precisar — disse Luke. — As pessoas não saem por aí explicando. Está no ar, por assim dizer.

— Sim... sim, imagino.

Luke mudou de assunto com destreza.

— A melhor pessoa com quem se conversar é o médico local. Eles ouvem muita coisa quando atendem os menos abastados. Todo tipo de superstição, de fetiche... devem usar poções do amor e tudo mais.

— Você deveria falar com Thomas. Um bom rapaz, Thomas, homem sempre atualizado. Não lembra o pobre e velho Humbleby.

— Um tanto reacionário, não era?

— Totalmente cabeça-dura. Um obstinado da pior definição.

— Vocês tiveram sério conflito quanto ao abastecimento de água, não foi? — perguntou Bridget.

Um brilho corado forte tomou o rosto de Abbot mais uma vez.

— Humbleby era um peso morto na rota do progresso — afirmou ele, veemente. — Era contra o abastecimento! E era muito grosseiro ao falar. Não media as palavras. Há coisa que ele disse que valeriam inclusive processo.

Bridget falou em tom mais baixo:

— Mas advogados nunca recorrem à lei, não? Eles sabem se precaver.

Abbot gargalhou descontrolado. Sua ira arrefeceu tão rápido quanto se formou.

— Muito bom, Miss Bridget! E a senhorita não está nada errada. Nós que estamos por dentro sabemos demais da lei. Rá, rá. Bom, tenho que seguir meu rumo. Fique à vontade para me ligar caso creia que eu possa ajudá-lo, *Mister*... hã...

— Fitzwilliam — disse Luke. — Obrigado, eu ligarei.

Ao seguirem a caminhada, Bridget disse:

— Percebi que seu método consiste em fazer afirmações e ver o que elas provocam.

— Meu método — disse Luke — não é de todo honesto, se é isso que se refere?

— Já percebi.

Um tanto incomodado, ele hesitou quanto ao que dizer a seguir. Mas antes que pudesse falar, ela continuou:

— Se quer saber mais sobre Amy Gibbs, posso levá-lo a uma pessoa que o ajudará.

— Quem seria?

— Miss Waynflete, no caso. Amy foi trabalhar na casa dela depois que deixou a Mansão. Estava lá quando morreu.

— Ah, entendo... — ele ficou um pouco espantado. — Bom... muito obrigado.

— Ela mora logo ali.

Eles estavam atravessando o parque da cidade. Inclinando a cabeça na direção da enorme casa georgiana que Luke havia notado um dia antes, Bridget disse:

— Ali é a Mansão Wych. Agora é uma biblioteca.

Ao lado da casa havia uma menor que, proporcionalmente, lembrava uma casinha de bonecas. Seus degraus eram de um branco deslumbrante, sua aldrava, reluzente, e as cortinas da janela, brancas e asseadas.

Bridget abriu o portão e seguiu aos degraus.

De imediato, a porta da frente se abriu e dela saiu uma mulher de idade.

Para Luke, era o retrato da solteirona do interior. A silhueta magra trajava casaco e saia de *tweed* com elegância, complementados por uma blusa de seda cinza com um broche de quartzo pardo. Seu chapéu de feltro ficava reto sobre a cabeça bem formatada. Seu rosto era agradável e seus olhos, por trás do pincenê, eram decididamente inteligentes. Lembrava a Luke daquelas cabras pretas e ágeis que se vê na Grécia. Seus olhos tinham aquela qualidade da surpresa levemente inquisitiva.

— Bom dia, Miss Waynflete — disse Bridget. — Este é Mr. Fitzwilliam. — Luke fez uma mesura. — Ele está escrevendo um livro... sobre mortes, costumes interioranos e coisas repulsivas em geral.

— Minha nossa — disse Miss Waynflete. — Que *interessante*.

E ela avivou-se, olhando para ele.

Luke lembrou-se de Miss Pinkerton.

— Eu achei — disse Bridget (e ele voltou a notar aquele tom curiosamente simplório na voz) — que a senhorita poderia lhe contar mais de Amy.

— Ah — disse Miss Waynflete. — Sobre Amy? Sim. Amy Gibbs.

Ele estava consciente de um novo fator na expressão dela. Parecia que estava pensativa, tentando avaliá-lo.

Então, como se houvesse chegado a uma decisão, ela recuou da porta.

— Pois entrem — convidou. — Eu posso sair mais tarde. Não, não — reagindo a um meneio de Luke. — Eu não tinha nada de urgente a fazer. Apenas comprinhas para a casa, nada de importante.

A pequena sala de visitas era requintadamente asseada e tinha um leve cheiro de lavanda. Havia pastorzinhos e pastorzinhas de porcelana de Dresden sobre a cornija, de doce simploriedade. Na parede, aquarelas emolduradas, duas amostras de bordado e três quadros de ponto cruz. Mais fotografias, que evidentemente deviam ser de sobrinhos e sobrinhas, além de mobília de qualidade — uma escrivaninha Chippendale, mesinhas de mogno — e um sofá vitoriano horroroso e desconfortável.

Miss Waynflete ofereceu poltronas aos convidados e depois falou, em tom de desculpas:

— Infelizmente não fumo e, por isso, não ofereço cigarros. Mas fiquem à vontade caso queiram fumar.

Luke recusou, mas Bridget prontamente acendeu um cigarro.

Sentada com as costas retas numa poltrona com braços entalhados, Miss Waynflete analisou seu convidado por alguns instantes e depois, baixando os olhos como se estivesse satisfeita, disse:

— Quer saber mais da pobre Amy? Foi uma situação muito triste e fiquei agoniada. Que erro mais trágico.

— Não houve alguma dúvida quanto a… suicídio? — perguntou Luke.

Miss Waynflete fez que não.

— Não, não, *nisso* não acredito nem por um segundo. Amy não era desse tipo.

— De que tipo ela era? — perguntou Luke sem rodeios. — Gostaria de saber o que a senhorita tem a dizer.

Miss Waynflete respondeu:

— Bem, é claro que, como criada, ela era *inútil*. Mas, nos tempos que correm, falando bem a sério, a pessoa tem que agradecer quando acha *quem quer que seja*. Ela era muito relaxada no trabalho e sempre queria sair... é claro que era moça e hoje em dia as moças *são* assim. Parece que não sabem que o tempo delas é de quem as emprega.

Luke fez uma expressão prontamente solidária, e Miss Waynflete seguiu na sua temática.

— Não era o tipo de moça de que eu gosto... um tipo muito *atrevido*... mas é evidente que eu não gostaria de falar muito agora que ela faleceu. Não me parece cristão. Embora eu não pense que seja um motivo lógico para reprimir a verdade.

Luke assentiu. Ele percebeu que Miss Waynflete diferia de Miss Pinkerton por ter mente mais lógica e raciocínio mais afiado.

— Ela gostava de ser admirada — prosseguiu Miss Waynflete — e sempre estava disposta a se ver em alta conta. Mr. Ellsworthy... ele é o dono do novo antiquário, mas é um cavalheiro... Mexe um pouco com aquarela e fez alguns esboços do rosto da moça. Foi aí, creio eu, se me faço entender, que ela começou a ter *ideias*. Ela se viu inclinada a brigar com o jovem com quem havia noivado: Jim Harvey, que é mecânico numa garagem e tinha muita afeição por ela.

Miss Waynflete fez uma pausa, depois prosseguiu.

— Nunca vou esquecer daquela noite terrível. Amy estava indisposta. Uma tosse horrenda, mais uma coisa e outra (essas meias-calças baratas e inúteis que elas usam, esses sapatos com sola praticamente de *papel*... é óbvio que elas ficam resfriadas) e estivera no médico naquela tarde.

Luke perguntou depressa:

— Dr. Humbleby ou Dr. Thomas?

— Dr. Thomas. Foi ele que deu o frasco de xarope que ela trouxe consigo. Uma coisa inofensiva, uma mistura qualquer, creio eu. Ela foi para a cama cedo e devia ser por volta de uma da manhã quando começou o barulho... um grito horripilante, a pessoa se engasgando. Levantei-me e fui até sua porta, mas estava trancada por dentro. Chamei, mas não tive resposta. A cozinheira estava comigo e nós duas ficamos assustadas. Então fomos à porta da frente e demos sorte de Reed (nosso policial) estar ali, passando na sua ronda, então o chamamos. Ele deu a volta pelos fundos da casa e conseguiu escalar o telhado do alpendre. Como a janela estava aberta, ele entrou facilmente e destrancou a porta. Pobre garota, foi terrível. Não puderam fazer nada, e ela morreu no hospital poucas horas depois.

— E foi... do quê? Tinta de pintar chapéu?

— Isso. Chamaram de envenenamento por ácido oxálico. O frasco era praticamente do mesmo tamanho do xarope para tosse. Este estava na sua pia, e a tinta de chapéu estava ao lado da cama. Ela deve ter pegado o frasco errado e deixou ao seu lado no escuro, pronta para tomar caso se sentisse mal. Foi a teoria apresentada no inquérito.

Miss Waynflete fez uma pausa. Seus olhos caprinos e espertos olharam para ele, e Luke estava ciente de que havia algum significado por trás. Ficou com a sensação de que ela não havia contado uma parte da história. E uma sensação ainda mais forte de que, por algum motivo, ela queria que ele soubesse da lacuna.

Houve um silêncio... um silêncio comprido e um tanto incômodo. Luke sentiu-se um ator que não entendeu sua deixa. Ele falou sem muita vontade:

— E a senhorita não acha que tenha sido suicídio?

Miss Waynflete respondeu prontamente:

— É certo que não. Se a moça houvesse decidido dar cabo de si, provavelmente teria comprado alguma coisa. Era um frasco velho, que ela devia ter há anos. E, enfim, como eu já disse, ela não era desse *tipo*.

— Então a senhorita diria que foi... o quê? — perguntou Luke, sem meias palavras.

Miss Waynflete respondeu:

— Eu diria que foi uma infelicidade.

Ela cerrou os lábios e olhou para ele, séria.

Exatamente quando Luke pensou que devia falar alguma amenidade, eles tiveram uma distração. Ouviram algo arranhar na porta e um miado queixoso.

Miss Waynflete deu um salto e foi abrir a porta, momento em que entrou um persa laranja magnífico. Ele fez uma pausa, olhou para o visitante com ar de desprezo e pulou no braço da poltrona de Miss Waynflete.

A dona da casa dirigiu-se a ele com voz arrulhada.

— Oras, Vesguinho... onde o Vesguinho passou a manhã?

O nome ativou um fiapo de memória. Onde Luke já teria ouvido falar de um gato persa chamado Vesguinho? Ele disse:

— É um gato muito bonito. É da senhorita há muito tempo?

Miss Waynflete balançou a cabeça.

— Não, não. Era de uma amiga minha de muitos anos, Miss Pinkerton. Ela foi atropelada por um desses temíveis motorizados e eu é que não ia deixar Vesguinho na casa de um estranho. Lavinia teria ficado muito aborrecida. Ela o venerava... e ele é muito bonito, não é?

Luke ficou apreciando o gato, de cara séria.

Miss Waynflete disse:

— Cuidado com as orelhas. Ele anda com muita dor.

Luke acariciou o animal com cautela.

Bridget pôs-se de pé e disse:

— Temos que ir.

Miss Waynflete apertou a mão de Luke.

— Quem sabe — disse ela — em breve voltaremos a nos ver.

Luke falou com animação:

— Espero que sim, é claro.

Ele achou que ela parecia confusa e um tanto decepcionada. Seu olhar passou a Bridget — um olhar veloz, com um quê de interrogação. Luke sentiu que havia uma combinação entre as duas mulheres da qual ele estava excluído. Era algo que o incomodava, mas ele prometeu a si que chegaria em breve ao fundo da questão.

Miss Waynflete saiu com eles. Luke parou um minuto no alto dos degraus, olhando com aprovação para o primor da praça e do laguinho dos patos.

— Que maravilha intocada é este lugar — afirmou ele.

O rosto de Miss Waynflete se iluminou.

— Sim, de fato — disse ela, com avidez. — De fato, é bem como eu lembro quando criança. Nós morávamos na Mansão, como o senhor já sabe. Mas quando ela ficou com meu irmão, ele não quis morar lá. Não tinha como arcar com as despesas, na verdade, então ela ficou à venda. Um construtor fez uma oferta e ia, creio eu, "explorar o terreno", acho que foi assim que disse. Por sorte, Lorde Whitfield ficou sabendo, adquiriu a propriedade e a salvou. Transformou a casa numa biblioteca e museu. Aliás, está praticamente intocada. Eu trabalho como bibliotecária lá duas vezes por semana, sem remuneração, *é claro*, e não dá para expressar o prazer que é estar na minha velha casa, sabendo que ela não será vandalizada. E *é* um ambiente perfeito... O senhor tem que visitar nosso pequeno museu um dia, Mr. Fitzwilliam. Há exposições locais bem interessantes.

— Faço questão de comparecer, Miss Waynflete.

— Lorde Whitfield tem sido um grande benfeitor de Wychwood — disse Miss Waynflete. — Fico triste pelas pessoas que, infelizmente, são ingratas.

Seus lábios se franziram. Luke foi discreto e não fez perguntas. Ele despediu-se mais uma vez.

Quando já haviam saído pelo portão, Bridget disse:

— Você gostaria de fazer mais pesquisa ou podemos voltar para casa seguindo o rio? É uma caminhada agradável.

Luke respondeu prontamente. Ele não tinha vontade de investigar mais com Bridget Conway ouvindo tudo a tiracolo. Disse:

— Vamos pelo rio, é claro.

Foram caminhando pela High Street. Uma das últimas casas tinha uma placa decorada com letras em ouro antigo, com a palavra ANTIQUÁRIO. Luke fez uma pausa e espiou as profundezas gélidas por uma das janelas.

— Que linda travessa de cerâmica — comentou ele. — Tenho uma tia que ia gostar. Quanto será que querem?

— Vamos entrar e ver?

— Se importa? Eu gosto de me perder em antiquários. Às vezes se encontra umas pechinchas.

— Duvido que encontrará aqui — disse Bridget, seca. — Ellsworthy sabe muito bem o valor do que tem.

A porta estava aberta. Na entrada havia poltronas, canapés e roupeiros cheios de porcelana e peltre. Havia salas carregadas de artigos à esquerda e à direita.

Luke entrou na sala da esquerda e pegou o prato de cerâmica. No mesmo instante, uma figura turva veio à frente do fundo da sala, onde estava sentado a uma mesa de nogueira à moda da Rainha Anne.

— Ah, minha cara Miss Conway. Que prazer revê-la.

— Bom dia, Mr. Ellsworthy.

Mr. Ellsworthy era um jovem muito particular, que vestia um esquema cromático baseado no castanho-avermelhado. Tinha rosto comprido e pálido com voz afeminada, cabelos compridos, pretos e artísticos, e um caminhar afetado.

Luke foi apresentado e Mr. Ellsworthy imediatamente voltou sua atenção a ele.

— Cerâmica inglesa, antiga e genuína. Deliciosa, não acha? Adoro minhas quinquilharias, sabe, odeio vender. Sempre foi meu sonho viver no interior e ter uma lojinha. Que lugar maravilhoso, Wychwood... tem um clima, se o senhor me entende.

— Temperamento artístico — murmurou Bridget.

Ellsworthy voltou-se para ela com um lampejo de suas mãos brancas e compridas.

— Não essa expressão terrível, Miss Conway. Não... não, eu imploro. Não me diga que sou de artes e ofícios... eu não suporto. Ora, ora, como a senhorita sabe, eu não vendo *tweed* tecido à mão nem latão batido. Sou um comerciante, nada mais. Apenas um comerciante.

— Mas o senhor é artista, não é? — perguntou Luke. — Digo, o senhor não pinta aquarelas?

— Ora, quem foi que lhe contou? — bradou Mr. Ellsworthy, juntando as mãos. — Mas veja como esse lugar é maravilhoso... não se pode guardar *um* segredo! É por isso que eu gosto: tão diferente da cidade desumana, do você cuida do seu que eu cuido do meu! Fofocas, malícias, escândalos... é tudo muito delicioso, caso se tenha o devido ânimo para aceitar!

Luke contentou-se em responder à pergunta de Mr. Ellsworthy e não prestar atenção ao desfile de comentários posteriores.

— Miss Waynflete nos contou que o senhor fez vários desenhos de uma moça, Amy Gibbs.

— Ah, Amy — disse Mr. Ellsworthy. Ele deu um passo para trás e fez um caneco de chope balançar. Ele o ajeitou na prateleira. — Fiz, é mesmo? Ah, sim. Creio que fiz.

Sua postura parecia um tanto quanto abalada.

— Era muito bonita — disse Bridget.

Mr. Ellsworthy havia recuperado sua compostura.

— A senhorita acha? — perguntou ele. — Muito comum, sempre pensei. Caso se interesse por cerâmica — ele prosseguiu com Luke —, tenho alguns passarinhos de cerâmica preciosos.

Luke demonstrou leve interesse pelos passarinhos e depois perguntou o valor da travessa.

Ellsworthy deu uma estimativa.

— Obrigado — disse Luke —, mas creio que não vou privá-lo do seu artigo.

— Fico sempre aliviado, sabia — disse Ellsworthy —, quando não fecho uma venda. Que tolice da minha parte, não é? Veja só: deixo levar por um guinéu de desconto. O senhor sabe o que quer. Estou vendo. E isso faz toda a diferença. E, além de tudo, isto é uma *loja*!

— Não, obrigado — disse Luke.

Mr. Ellsworthy os acompanhou até a porta e abanou. As mãos provocaram um certo nojo em Luke: a pele não era branca, mas um tanto esverdeada.

— Uma figura detestável, esse Mr. Ellsworthy — comentou Luke quando ele e Bridget estavam longe do alcance.

— Uma mente detestável, de hábitos detestáveis, é o que digo — disse Bridget.

— Por que ele viria a uma cidade como esta?

— Creio que ele seja metido com magia negra. Não exatamente missas negras, mas algo do tipo. A reputação do local ajuda.

Luke falou um tanto constrangido:

— Meu Senhor! Então ele é a figura de quem eu preciso. Deveria ter puxado esse assunto.

— Acha mesmo? — disse Bridget. — Ele sabe muito do assunto.

Luke falou um tanto incomodado:

— Vou procurá-lo outro dia.

Bridget não respondeu. Eles já estavam fora da cidade. Ela fez uma curva para caminhar numa trilha e em seguida eles chegaram ao rio.

Ali passaram por um homem baixinho com um bigode reto e olhos protuberantes. Ele tinha três buldogues consigo, com os quais berrava até perder a voz. — Nero, venha cá. Nelly, solte isso. Solte, eu disse. Augustus… AUGUSTUS, diabo…

Ele interrompeu para tirar o chapéu para Bridget, olhou para Luke com curiosidade voraz e evidente e voltou às admoestações de perder a voz.

— Major Horton e seus buldogues? — citou Luke.

— Exatamente.

— Então hoje vimos praticamente todos os notáveis de Wychwood?

— Praticamente.

— Eu me sinto um intruso — disse Luke. — Imagino que um forasteiro num vilarejo inglês vá se destacar a um quilômetro de distância — completou, pesaroso, lembrando os comentários de Jimmy Lorimer.

— Major Horton não é bom em disfarçar sua curiosidade — disse Bridget. — Ele ficou encarando.

— Ele é o tipo de homem que qualquer um sabe que é Major — disse Luke, um tanto cruel.

Bridget falou abruptamente:

— Vamos nos sentar à margem um pouco? Temos tempo de sobra.

Eles sentaram-se em uma árvore caída que servia convenientemente de assento. Bridget prosseguiu:

— Sim, Major Horton é muito militar. Ainda mantém aquela pose de coronel. Você mal diria que, há um ano, era o homem que mais sofria nas mãos da mulher em todo esse mundo!

— O quê, aquele camarada?

— Sim. Sua esposa era a mulher mais detestável que eu já conheci. Ela também tinha dinheiro e nunca teve escrúpulos de deixar isso claro em público.

— Pobre animal... Horton, no caso.

— Ele a tratava muito bem... sempre disciplinado, sempre cavalheiro. Pessoalmente, não sei por que ele não estava em pé de guerra com a mulher.

— Imagino que ela não fosse muito agradável.

— Ninguém gostava dela. Ela esnobou Gordon, me menosprezou e era desagradável aonde quer que fosse.

— Mas imagino que a misericordiosa providência a tenha levado?

— Sim, há mais ou menos um ano. Gastrite aguda. Ela fez o inferno com o marido, o Dr. Thomas e duas enfermeiras... mas morreu. Os buldogues finalmente se avivaram.

— Bichos inteligentes!

Fez-se silêncio. Bridget estava mexendo na grama. Luke franziu o cenho para a margem oposta, sem conseguir enxergar o outro lado. O aspecto onírico de sua missão deixava-o obcecado. Quanto daquilo era fato... e quanto era imaginação? Não era ruim a pessoa analisar cada um que conhecia como assassino em potencial? Havia algo de degradante neste ponto de vista.

"Aos diabos", Luke pensou, "fui policial por muito tempo."

Ele foi despertado da sua abstração com um choque. Era a voz clara e gélida de Bridget.

— Mr. Fitzwilliam — ela disse —, por que exatamente o senhor veio até aqui?

Capítulo 6

Tinta de pintar chapéu

Luke estava a ponto de levar o fósforo ao cigarro. O comentário inesperado paralisou sua mão por um momento. Ele ficou praticamente imóvel por um, dois segundos, até que o fósforo se consumiu e queimou seus dedos.

— Droga — disse Luke ao soltar o fósforo e sacudir a mão com vigor. — Peço desculpas. Você me surpreendeu. — Ele deu um sorriso deplorável.

— Foi mesmo?

— Foi. — Ele soltou um suspiro. — Ah, sim, imagino que alguém de inteligência real estava fadado a me notar! Essa história de eu escrever um livro sobre folclore não a convenceu nem por um segundo, foi?

— Não até que eu o vi pessoalmente.

— Mas até então você tinha acreditado?

— Sim.

— De qualquer forma, não foi uma boa história — disse Luke, autocrítico. — Quer dizer: qualquer homem pode ter vontade de escrever um livro, mas a parte sobre vir aqui e me passar por primo… imagino que aí você tenha sentido o cheiro?

Bridget fez que não.

— Não. Para isso, eu tinha explicação… achava que tinha, no caso. Supus que você estivesse mal de dinheiro, como estão muitos amigos de Jimmy e meus, e achei que ele tinha sugerido o golpe do primo porque... bom, para poupar seu amor-próprio.

— Mas quando eu cheguei — disse Luke — minha aparência imediatamente sugeriu tal opulência que esta explicação saiu de cogitação?

A boca de Bridget curvou-se lentamente até formar um sorriso.

— Oh, não — ela disse. — Não foi isso. Foi apenas porque você não fazia o tipo.

— Não teria cérebro o bastante para escrever um livro? Não me poupe. Quero saber.

— Você poderia escrever um livro, mas não *esse* tipo de livro, sobre superstições antiquadas, afundar-se no passado... não esse tipo de coisa! Você não é uma pessoa para quem o passado tem tanto significado. Quem sabe nem o futuro... apenas o presente.

— Hm, entendi. — Ele contorceu o rosto. — Maldição, você me deixa nervoso desde que cheguei aqui! Essa sua inteligência confunde tanto.

— Sinto muito — disse Bridget, áspera. — Esperava o quê?

— Bom, não tinha pensado muito.

Mas ela prosseguiu com calma:

— Uma pessoinha perdida na vida, que só tivesse cabeça para perceber as oportunidades que aparecem na sua frente e casar-se com o chefe?

Luke fez um grunhido esquisito. Ela voltou um olhar entretido a ele.

— Eu entendo. Está tudo bem. Não me incomoda.

Luke optou pela impudência.

— Bom, talvez. Era algo próximo disso. Mas eu não dei tanta consideração.

Ela falou sem pressa:

— Não, nem daria. A gente só atravessa a ponte quando chega na ponte.

Mas Luke estava descoroçoado.

— Ah, não tenho dúvida que minha atuação foi desastrosa! Lorde Whitfield também me desmascarou?

— Não, não. Se você dissesse que havia vindo aqui estudar os hábitos dos besourinhos-d'água porque faz parte de uma pesquisa, por Gordon, tudo bem. Ele tem uma mente muito crédula.

— De qualquer modo, não fui nem um pouco convincente! Fiquei um tanto desconcertado.

— Eu pisei no seu calo — disse Bridget. — Percebi. E sinto lhe dizer que fiquei bem entretida.

— Ah, e como! Mulheres com cérebro geralmente são de uma crueldade de gelar o sangue.

Bridget murmurou:

— Tem-se que buscar os prazeres que se pode nessa vida!

Ela fez pausa por um instante, depois disse:

— Então por que está aqui, Mr. Fitzwilliam?

Eles haviam dado uma volta completa até voltar à pergunta original. Luke estava ciente de que a intenção era esta. Nos últimos segundos ele vinha tentando se decidir. Então ergueu os olhos e encontrou os dela. O olhar arguto e inquisitivo que o fitou com expressão tranquila, firme. Havia um peso nele que ele não esperava encontrar ali.

— Seria melhor, penso eu — considerou ele —, não lhe contar mais mentiras.

— Muito melhor.

— Mas a verdade é esquisita... Veja bem, você já formou alguma opinião... digo, já lhe ocorreu alguma coisa quanto à minha presença aqui?

Ela assentiu, lenta e pensativa.

— Qual era sua ideia? Vai me contar? Imagino que possa ajudar.

Bridget falou calmamente:

— Tive a impressão de que você veio aqui por conta da morte daquela moça, Amy Gibbs.

— Então é isso! Foi o que eu vi, o que eu senti… toda vez que o nome dela vinha à baila! Eu *sabia* que havia alguma coisa. Então você acha que eu vim por conta disso?

— E não foi?

— De certo modo… sim.

Ele ficou em silêncio, franzindo o cenho. A moça a seu lado estava igualmente em silêncio, imóvel. Ela não disse nada para atrapalhar sua linha de raciocínio.

Luke decidiu que ia contar.

— Vim aqui para uma investigação sem sentido, com base numa suposição fantasiosa, provavelmente absurda e melodramática. Amy Gibbs faz parte de tudo. Meu interesse é descobrir exatamente como ela morreu.

— Sim, foi o que eu pensei.

— Mas aos diabos… *por que* você achou? O que há na morte dela que, bom, que atiça seu interesse?

Bridget disse:

— Desde o começo, eu achei que… que havia alguma coisa de errado. Por isso que o levei para ver Miss Waynflete.

— Por quê?

— Porque ela também acha.

— Ah. — Luke voltou ao pensamento rapidamente. Agora ele entendia as insinuações subjacentes na postura daquela solteirona esperta. — Ela pensa como você? Que isso tem algo de… esquisito?

Bridget assentiu.

— Por quê, exatamente?

— Tinta de pintar chapéu, para começar.

— Como assim, tinta de pintar chapéu?

— Bom, há aproximadamente vinte anos, as pessoas *pintavam* o chapéu… numa estação você pintava de rosa, na seguinte, era só ter um frasco de tinta que ele virava azul escuro… depois, quem sabe mais uma e ele ficava preto! Mas, hoje em dia, os chapéus são baratos… uma coisa ínfima, que se joga fora quando sai da moda.

— Mesmo moças do nível de Amy Gibbs?

— Era mais provável eu pintar um chapéu do que ela! Poupar saiu de moda. E outra coisa: a tinta de pintar chapéu era *vermelha.*

— E daí?

— E Amy Gibbs tinha cabelos ruivos! Era uma cenourinha!

— Está dizendo que não combina?

Bridget assentiu.

— Você não usaria um chapéu escarlate com cabelo cenourinha. É o tipo de coisa de que um homem não ia se dar conta, mas...

Luke a interrompeu com um olhar carregado.

— Não, *um homem* não se daria conta. Agora se encaixa... tudo se encaixa.

Bridget disse:

— Jimmy tem amigos na Scotland Yard. Você não é...

Luke respondeu rápido:

— Não sou um investigador oficial... e não sou um investigador particular famoso com escritório na Baker Street etc. Sou exatamente o que Jimmy lhe disse que eu era... um policial aposentado que voltou do Oriente. Estou me metendo neste assunto por conta de uma situação esquisita que aconteceu no trem para Londres.

Ele fez um breve resumo de sua conversa com Miss Pinkerton e os fatos subsequentes que haviam conduzido a sua presença em Wychwood.

— Pois veja só — encerrou ele. — É uma fantasia! Estou à procura de um certo homem, um assassino misterioso, aqui em Wychwood, provavelmente bem conhecido e respeitado. Se Miss Pinkerton estiver certa, se você estiver certa e se Miss Sei-lá-do-quê estiver certa... foi esse homem que matou Amy Gibbs.

Bridget disse:

— Entendo...

— Poderia ter sido ato de alguém de fora, não?

— Sim, creio que sim — Bridget respondeu devagar. — Reed, o policial, escalou a janela dela através de um alpendre. A janela estava aberta. Foi um pouco difícil, mas um homem devidamente ativo não teria dificuldade.

— E, depois disso, o que ele fez?

— Trocou um frasco de tinta de pintar chapéu pelo xarope.

— Torcendo para que ela fizesse exatamente o que fez... acordar, beber e todo mundo diria que ela cometeu um erro ou que se suicidou?

— Sim.

— Não houve nem desconfiança de "improbidade", como chamam nos livros, durante a investigação?

— Não.

— Homens, mais uma vez... não se discutiu a tinta de pintar chapéu?

— Não.

— Mas ocorreu a você?

— Sim.

— E a Miss Waynflete? Vocês duas chegaram a discutir?

Bridget deu um leve sorriso:

— Não, não. Não no sentido a que você se refere. Não dissemos nada em voz alta. Não sei dizer até que ponto a velhota já pensou. Eu diria que, de início, ela só estava preocupada... e foi ficando mais e mais. Ela é muito inteligente, sabe, cursou Girton ou queria ter cursado, e era bastante avançada quando era moça. Ela não tem a cabeça anuviada da maioria das pessoas por aqui.

— Imagino que Miss Pinkerton tivesse a cabeça anuviada — disse Luke. — Por isso que eu, de início, nem cogitei que houvesse algo de relevante na história dela.

— Sempre a achei muito arguta — disse Bridget. — A maioria dessas senhorinhas é afiadíssima, de certo modo. Você disse que ela falou outros nomes?

Luke assentiu.

— Sim. De um garoto... que era Tommy Pierce. Lembrei do nome assim que ouvi. E tenho quase certeza de que o outro homem, Carter, também foi citado.

— Carter, Tommy Pierce, Amy Gibbs, Dr. Humbleby — falou Bridget, pensativa. — Como você disse, chega a ser tão fantasioso que não parece verdade. Quem na terra iria querer matar essa gente? Eram pessoas tão diferentes entre si!

Luke perguntou:

— Alguma ideia de por que alguém ia querer se livrar de Amy Gibbs?

Bridget fez que não.

— Nem imagino.

— E quanto ao homem, Carter? Como ele morreu, a propósito?

— Caiu no rio e se afogou. Estava indo para casa, a noite estava enevoada e ele havia bebido muito. Há uma pequena ponte com corrimão apenas de um lado. O que se diz é que ele tropeçou.

— Mas alguém *poderia* ter dado um empurrão, não?

— Ah, claro.

— E outra pessoa poderia facilmente ter dado um empurrão feio no Tommy quando ele estava lavando as janelas?

— Sim, também.

— Então se resume ao fato de que é muito fácil eliminar três seres humanos sem que os outros desconfiem.

— Miss Pinkerton desconfiou — sublinhou Bridget.

— Sim, ela sim, bendita seja. *Ela* não se incomodava de ser muito melodramática nem de imaginar coisas.

— Ela costumava me dizer que o mundo é muito perverso.

— E você sorria, complacente, creio eu?

— Me achando superior!

— Qualquer pessoa que imagina seis coisas impossíveis antes do café da manhã ganha esse jogo de lavada.

Bridget concordou.

Luke disse:

— Imagino que não ajude eu perguntar se você tem alguma intuição? Não há algum indivíduo em particular em Wychwood que lhe dê uma sensação sinistra na espinha, ou que tenha olhares esquisitos... ou uma risada maníaca?

— Todos que conheci em Wychwood me parecem eminentemente sãos, de respeito e absolutamente triviais.

— Temia que sua resposta fosse essa — disse Luke.

Bridget disse:

— Você acha que esse homem está louco, decerto?

— Sim, é o que eu diria. Um lunático, mas um lunático astuto. A última pessoa em que você ia pensar... provavelmente um pilar da sociedade, como o gerente do banco.

— Mr. Jones? Não tenho como imaginar que ele fosse cometer uma série de assassinatos.

— Então ele deve ser o homem que você procura.

— Pode ser qualquer um — disse Bridget. — O açougueiro, o padeiro, o merceeiro, um capataz de fazenda, um operário do asfalto, até o homem que entrega o leite.

— Pode ser, sim... mas acho que o campo é um pouco mais restrito.

— Por quê?

— Miss Pinkerton falou do olhar que ele fazia quando estava avaliando sua próxima vítima. Pelo jeito como ela falou, eu fiquei com a impressão, e que não passa de uma impressão, veja bem, de que o homem a quem ela se referia era, no mínimo, do mesmo nível social que ela. Mas é claro que posso ter me enganado.

— Você deve estar é muito certo! Estas *nuances* de diálogos podem não ser preto no branco, mas são o tipo de coisa com as quais não se erra.

— Olha — disse Luke —, é um alívio que você saiba de tudo.

— Provavelmente vou pisar menos nos seus calos. E provavelmente poderei ajudá-lo.

— Sua ajuda será inestimável. Quer mesmo me acompanhar?

— É claro.

Luke falou com leve e repentina vergonha.

— E quanto a Lorde Whitfield? Você acha...?

— Naturalmente, não contaremos nada a Gordon! — disse Bridget.

— Está dizendo que ele não ia acreditar?

— Ah, ele *ia*! Gordon acredita em tudo! Provavelmente ia ficar bem entusiasmado e insistir em botar meia dúzia de seus rapazes mais sagazes a vasculhar a vizinhança! Ele ia adorar!

— Então está fora de cogitação — concordou Luke.

— Sim, infelizmente não podemos deixar que ele tenha seus simples prazeres.

Luke olhou para ela. Ele parecia prestes a dizer algo, mas mudou de ideia. Em vez disso, olhou para o relógio.

— Sim — assentiu Bridget —, temos que ir para casa.

Ela levantou-se. Houve uma repressão repentina entre, eles como se as palavras que Luke não havia dito pairassem no ar, causando constrangimento.

Voltaram para casa em silêncio.

Capítulo 7

Possibilidades

Luke estava sentado no seu quarto. Na hora do almoço, tivera que aguentar um interrogatório de Mrs. Anstruther quanto a que flores havia no seu jardim no Estreito de Mayang. Então foi instruído quanto às flores que se dariam bem na região. Ele também ouvira mais das "Conversas com a Juventude em Torno do Assunto Minha Pessoa" de Lorde Whitfield. Agora estava misericordiosamente só.

Ele pegou uma folha de papel e anotou uma série de nomes. Eram os seguintes:

Dr. Thomas.
Mr. Abbot.
Major Horton.
Mr. Ellsworthy.
Mr. Wake.
Mr. Jones.
O moço de Amy.
O açougueiro, o padeiro, o carteiro, o leiteiro etc.

Ele então pegou outra folha de papel e encabeçou com VÍTIMAS. Sob este cabeçalho, ele escreveu:

Amy Gibbs: envenenada.
Tommy Pierce: empurrado da janela.

Harry Carter: empurrado de uma ponte (bêbado? drogado?).
Dr. Humbleby: septicemia.
Miss Pinkerton: atropelada.

Ele complementou:

Mrs. Rose?
Velho Ben?

E após uma pausa:

Mrs. Horton?

Ele ponderou quanto às listas, fumou um pouco, depois voltou a pegar seu lápis.

Dr. Thomas: Argumentos possíveis.
Motivação clara no caso do Dr. Humbleby. Motivo da morte deste último: no caso, infecção com micróbios. Amy Gibbs visitou-o na tarde do dia em que ela faleceu. (Havia algo entre os dois? Chantagem?)
Tommy Pierce? Não se sabe de ligação. (Tommy sabia da conexão entre ele e Amy Gibbs?)
Harry Carter? Não se sabe de ligação.
Dr. Thomas estaria ausente de Wychwood no dia em que Miss Pinkerton foi a Londres?

Luke deu um suspiro e começou a ler de novo:

Mr. Abbot: Argumentos possíveis.
(Sinto que um advogado é uma pessoa desconfiada. Possível preconceito.) Sua personalidade florida, cordial etc., com certeza seria suspeita num livro — sempre desconfie de homens francos e cordiais. Objeção: isto não é um livro, é a vida real. Motivação para assassinato do Dr. Humbleby.

Antagonismo evidente entre os dois. H. desafiou Abbot. Motivo suficiente para cérebro perturbado. Antagonismo seria facilmente notado por Miss Pinkerton.
Tommy Pierce? Último mexeu em documentos de Abbot. Encontrou algo que não podia saber?
Harry Carter? Sem conexão evidente.
Amy Gibbs? Nenhuma conexão conhecida. Tinta de pintar chapéu bastante apropriada à mentalidade de Abbot — mente antiquada. Abbot estava fora do vilarejo no dia em que Miss Pinkerton foi morta?

Major Horton: Argumentos possíveis.
Sem ligação que se saiba com Amy Gibbs, Tommy Pierce ou Carter.
E quanto a Mrs. Horton? Morte parece relacionada a envenenamento por arsênico. Se for o caso, outros assassinatos podem ser resultado de... chantagem? NB — Thomas era o médico que a tratava. (Desconfiança quanto a Thomas de novo.)

Mr. Ellsworthy: Argumentos possíveis.
Figura detestável — metido com magia negra. Pode ter temperamento de assassino com sede de sangue. Ligação com Amy Gibbs. Alguma ligação com Tommy Pierce? Carter? Nada que se saiba. Humbleby? Pode ter se dado conta da situação mental de Ellsworthy. Miss Pinkerton? Ellsworthy estava fora de Wychwood quando Miss Pinkerton foi morta?

Mr. Wake: Argumentos possíveis.
Altamente improvável. Obsessão religiosa, quem sabe? Missão assassina? Clérigos pios e santos são bons suspeitos em livros, mas (como dito antes) estamos na vida real.
Obs. Carter, Tommy, Amy, todos figuras desprezíveis. Deviam ser eliminados por decreto divino?

Mr. Jones.
Dados: zero.
Moço de Amy.
Provavelmente vários motivos para matar Amy — mas parece improvável no geral.
Os eteceteras?
Não me interessam.

Ele releu o que havia escrito.
Então fez não com a cabeça.
Ele falou baixinho:
— ... isso é absurdo! Como Euclides era claro.
Ele rasgou as listas e queimou.
Disse a si:
— Esse caso não vai ser fácil.

Capítulo 8

Dr. Thomas

Dr. Thomas recostou-se na cadeira e passou a mão longa e delicadamente pelos cabelos densos e loiros. Era um jovem de aparência enganosa. Embora tivesse mais de trinta anos, um olhar apressado o trataria por vinte e poucos, se não adolescente. Seu tufo de cabelos indisciplinados, sua expressão levemente assustada e sua compleição rosada e branca lhe davam uma aparência irresistível de garoto. Por mais imaturidade que as aparências apontassem, o diagnóstico que ele havia acabado de dar quanto ao joelho reumático de Luke concordava praticamente em tudo com o que fora dado por um especialista eminente da Harley Street há apenas uma semana.

— Obrigado — disse Luke. — Bom, fico aliviado em saber que este tratamento elétrico vai resolver, como o senhor disse. Não quero ficar aleijado na minha idade.

Dr. Thomas deu um sorriso juvenil.

— Não acho que corra esse risco, Mr. Fitzwilliam.

— Bom, me deixou aliviado — disse Luke. — Eu estava pensando em procurar um especialista… Mas eu tenho certeza de que, agora, não há necessidade.

Dr. Thomas sorriu de novo.

— Se ficar mais aliviado, vá. Afinal de contas, é sempre bom ter a opinião de um especialista.

— Não, não, tenho plena confiança no senhor.

— Sinceramente, não há nada de complexo quanto ao assunto. Se seguir meu conselho, estou confiante de que não terá mais problemas.

— Nem sei dizer o quanto me sinto aliviado, doutor. Imaginei que estivesse com artrite, que daqui a pouco estaria todo enredado e não conseguiria me mexer.

Dr. Thomas balançou a cabeça com um leve sorriso.

Luke falou depressa:

— Os homens se apavoram demais com esse tipo de coisa. Imagino que o senhor já espere, não é? Às vezes, eu penso que o médico deve se achar um "curandeiro"... Como se fosse um mágico para a maioria dos pacientes.

— O aspecto da fé tem parcela muito importante.

— Eu sei. "Foi o que o médico disse" é uma frase que sempre se diz com certa reverência.

Dr. Thomas ergueu os ombros.

— Ah, se os pacientes soubessem! — murmurou ele, em tom cômico.

Depois disse:

— O senhor está escrevendo um livro sobre magia, Mr. Fitzwilliam?

— Ora, mas como o senhor sabia? — exclamou Luke, talvez exagerando na surpresa.

Dr. Thomas parecia entretido.

— Ah, meu caro, em lugares como este, as notícias correm muito rápido. Temos tão pouco assunto.

— Provavelmente se exagera também. O senhor vai ouvir que estou invocando os espíritos do vilarejo e competindo com a Bruxa de Endor.

— Estranho o senhor falar nisto.

— Por quê?

— Bom, circula um rumor de que o senhor invocou o fantasma de Tommy Pierce.

— Pierce? Pierce? Seria o garoto que caiu da janela?

— Ele mesmo.

— Mas eu me pergunto como... é claro, eu comentei com o advogado... como é o nome dele? Abbot?

— Sim, esta história começou com Abbot.

— Não me diga que eu converti um advogado calejado a acreditar em fantasmas?

— Então o senhor acredita em fantasmas?

— Seu tom de voz sugere que você não acredita, doutor. Não, eu não diria que eu "acredito em fantasmas" de fato... falando de forma tosca. Mas já me deparei com fenômenos curiosos em caso de morte inesperada ou violenta. No entanto, tenho mais interesse pelas diversas superstições que concernem à morte violenta... que o homem assassinado, por exemplo, não consegue descansar no túmulo. E a crença interessante de que o sangue de um assassinado flui se o seu assassino toca. Imagino como terão surgido.

— Muito curioso — disse Thomas. — Mas não creio que muitos lembrem deste tipo de coisa hoje em dia.

— Mais do que o senhor imagina. Acredito que vocês não tenham muitos homicídios por aqui... então fica difícil julgar.

Luke teve que sorrir enquanto falava, seus olhos descansando com aparente indiferença no rosto do outro. Mas Dr. Thomas parecia impassível, e sorriu de volta.

— Não, não creio que tenhamos tido um homicídio em... ah, muitos anos. Com certeza antes da minha época.

— Não, este lugar é tranquilo. Não predispõe ao delito. A não ser que alguém tenha defenestrado o pequeno Tommy Sei-lá-do-quê.

Luke riu. O sorriso do Dr. Thomas foi a resposta. Um sorriso natural, de um garoto entretido.

— Muita gente estaria disposta a torcer o pescoço daquele garoto — disse ele. — Mas não creio que tenham chegado ao ponto de defenestrá-lo.

— Parece que era uma criança muito levada. Poderiam dizer que eliminá-lo seria um dever público.

— Uma pena que não se possa aplicar esta teoria com frequência.

— Sempre achei que uma dose de homicídios faria bem à comunidade — disse Luke. — Um chato do clube, por exemplo, deveria ser eliminado com conhaque envenenado. Tem as mulheres que vêm todas sentimentais e depois arrasam as melhores amigas só pela língua. As solteironas maledicentes. Obstinados incorrigíveis que se opõem ao progresso. Se fossem eliminados sem dor... quanta diferença no convívio social!

O sorriso do Dr. Thomas tornou-se um arreganhar de dentes.

— Então, o senhor defende o crime em larga escala?

— A eliminação criteriosa — disse Luke. — Não concorda que seria benéfica?

— Sem dúvida.

— Ah, mas o senhor não está falando sério — disse Luke.

— Pois eu estou. Não tenho o respeito pela vida humana que tem o bretão normal. Qualquer homem que seja um entrave na rota do progresso devia ser eliminado. É assim que eu penso!

Passando a mão pelos cabelos curtos e loiros, Dr. Thomas disse:

— Sim, mas quem julga se o homem é apropriado ou não?

— Sim, aí que está a dificuldade — admitiu Luke.

— Os católicos diriam que um agitador comunista não devia viver. O agitador comunista sentenciaria o padre à morte por promover superstições, o médico eliminaria o homem que não tem saúde, o pacifista condenaria o soldado e assim por diante.

— Precisaríamos de um homem da ciência como juiz — disse Luke. — Alguém com mente imparcial, mas altamente especializada. Um médico, por exemplo. Neste caso, creio que o doutor daria um ótimo juiz.

— Da inaptidão para viver?

— Sim.

Dr. Thomas fez que não.

— Meu trabalho é deixar os inaptos aptos. Admito que, na maior parte do tempo, é um trabalho árduo.

— Então, apenas em prol da discussão — disse Luke. — Veja um homem como o finado Harry Carter...

Dr. Thomas falou com rispidez:

— Carter? Está falando do taberneiro do Seven Stars?

— Sim, esse mesmo. Eu não o conheci em pessoa, mas minha prima, Miss Conway, estava falando dele. Parece que foi um cafajeste de marca maior.

— Bom — concedeu o outro —, ele bebia, é claro. Tratava a esposa mal, importunava a filha. Era briguento, abusivo e já tinha se indisposto com quase toda a cidade.

— Diria que o mundo ficou melhor sem ele?

— A pessoa pode ficar com vontade de dizer que sim.

— Aliás, se alguém houvesse lhe dado um empurrão e jogado-o no rio em vez de ele decidir jogar-se por vontade própria, essa pessoa estaria agindo em prol do interesse público?

Dr. Thomas falou com voz áspera.

— Estes métodos que o senhor defende... o senhor os teria praticado nos... Estreitos de Mayang, foi o que disse?

Luke riu.

— Não, não. Comigo é apenas teoria, não prática.

— Pois é, não creio que o senhor tenha jeito para homicida.

Luke perguntou:

— Por que não? Eu fui bastante sincero nas minhas opiniões.

— Exatamente. Sincero demais.

— Quer dizer que se eu fosse o tipo de homem que cumpre as leis com as próprias mãos, não devia expor minhas opiniões?

— Foi o que eu quis dizer.

— Mas posso tratar como um evangelho. Posso ser um fanático quanto ao assunto!

— Mesmo se fosse, sua autopreservação estaria ativa.

— Bom, quando procurar um assassino, procure o tipo de homem gentil e delicado, que não faria mal a uma mosca.

— Um tanto exagerado, quem sabe — disse Dr. Thomas —, mas não fica longe da verdade.

Luke falou abruptamente:

— Diga-me, pois me interessa: o senhor já se deparou com um homem que o senhor acreditava ser assassino?

Dr. Thomas falou com rispidez:

— Ora! Que pergunta singular!

— É mesmo? Afinal, médicos devem deparar-se com muitas figuras suspeitas. Seria uma boa pessoa para detectar, por exemplo, sinais de mania homicida. Desde cedo... antes de se tornarem perceptíveis.

Thomas falou em tom bastante irritado:

— O senhor tem a noção do leigo quanto ao maníaco homicida. Um homem que sai desembestado com uma faca, um homem que praticamente solta espuma pela boca. Pois eu lhe digo que um lunático homicida pode ser a coisa mais difícil de se identificar neste planeta. Ele pode ter aparência idêntica aos outros... um homem que se assusta fácil, quem sabe... que pode lhe dizer, quem sabe, que tem inimigos. Não mais que isso. Um camarada quieto, inofensivo.

— É mesmo?

— É claro que é. O lunático homicida geralmente mata em legítima defesa ou assim pensa. Mas, evidentemente, muitos assassinos são camaradas comuns e sãos como o senhor e eu.

— Doutor, assim o senhor me deixa assustado! Imagine se depois o senhor descobre que tenho cinco ou seis pequenos assassinatos na minha conta.

Dr. Thomas sorriu.

— Não creio que seja provável, Mr. Fitzwilliam.

— Não acha? Pois eu retribuo o elogio. Não creio que o senhor tenha cinco ou seis assassinatos na sua conta.

Dr. Thomas falou com alegria:

— O senhor não está contando meus insucessos na profissão.

Os dois riram.

Luke levantou-se e despediu-se.

— Acho que tomei muito tempo do senhor — disse ele, em tom de desculpas.

— Eu não estava ocupado. Wychwood é um lugar muito saudável. É um prazer conversar com alguém do mundo lá fora.

— Eu estava me perguntando... — disse Luke, e então se deteve.

— Sim?

— Miss Conway me disse quando me enviou aqui que, bom... sobre o homem de primeira grandeza que o senhor é. Fico me perguntando se o senhor não se sente muito escondido nesta cidadezinha. Não há muitas oportunidades para mostrar seu talento.

— Ah, a clínica geral é um bom começo. É uma experiência valiosa.

— Mas o senhor não ficaria contentado em passar o resto da vida em impasse, ficaria? Seu finado sócio, Dr. Humbleby, era um camarada sem ambições, pelo que ouvi dizer... muito contentado com a clínica aqui. E já vinha de muitos anos na cidade, creio eu?

— Praticamente a vida inteira.

— Ouvi dizer que ele era confiável, mas antiquado.

Dr. Thomas respondeu:

— Às vezes ele era difícil... muito desconfiado das inovações modernas, mas um bom exemplo da velha guarda dos médicos.

— Deixou uma filha muito bonita, também ouvi dizer — comentou Luke, jocoso.

Ele teve o prazer de ver o semblante rosado de Dr. Thomas ganhar um escarlate intenso.

— Ah, hã... sim — respondeu ele.

Luke lhe deu um olhar agradável. Ficou contente em apagar Dr. Thomas de sua lista de suspeitos.

O último recobrou seu tom normal e falou abruptamente:

— Como estávamos falando em criminalidade, caso se interesse pelo assunto, posso lhe emprestar um livro muito bom! Tradução do alemão: *Inferioridade e crime*, de Kreuzhammer.

— Obrigado — disse Luke.

Dr. Thomas passou seu dedo pela prateleira e extraiu o dito livro.

— Aqui está. Algumas das teorias que ele tem são marcantes. E é claro que não passam de teorias, mas são interessantes. A vida pregressa de Menzheld, que chamavam de carniceiro de Frankfurt, por exemplo, e o capítulo sobre Anna Helm, a ama-seca assassina, são interessantíssimos.

— Creio que foi ela quem matou uma dúzia de crianças antes de as autoridades se darem conta, não foi? — perguntou Luke.

Dr. Thomas assentiu.

— Sim. Tinha uma personalidade muito agradável, dedicada às crianças... e parece que ficava genuinamente de coração partido a cada morte. A psicologia é estupenda.

— O estupendo é como essas pessoas se safam — apontou Luke.

Ele estava no umbral. Dr. Thomas havia saído com ele.

— Não é estupendo, na verdade — disse Dr. Thomas. — É muito fácil, sabia?

— O quê?

— Se safar. — Ele havia voltado a sorrir. Um sorriso encantador, juvenil. — Quando se tem cuidado. Basta ter cuidado... é isso! Mas um homem esperto *tem* cuidado extremo de não cometer deslizes. É só isso.

Ele sorriu e entrou na casa.

Luke parou, olhando para os degraus.

Havia algo de condescendente no sorriso do médico. Ao longo da conversa, Luke estava consciente de si como homem de plena maturidade e do Dr. Thomas como jovem viril e inocente.

Por um instante, ele sentiu que os papéis haviam se invertido. O sorriso do médico havia sido o de um adulto entretido com a inteligência de uma criança.

Capítulo 9

Mrs. Pierce conversa

Na lojinha da High Street, Luke comprou uma lata de cigarrilhas e o exemplar do dia de *Bons ânimos*, o arrojado semanário de onde provinha grande parte da substanciosa renda de Lorde Whitfield. Voltando-se aos resultados do futebol, Luke deu um suspiro ao conferir a informação de que havia acabado de perder a oportunidade de ganhar cento e vinte libras. Mrs. Pierce compadeceu-se imediatamente e explicou decepções similares da parte do marido. Definida a relação amistosa, Luke não teve dificuldade em prolongar o diálogo.

— Mr. Pierce é muito ligado no futebol — disse a cônjuge de Mr. Pierce. — É a primeira coisa que olha nas notícias, né. E eu sempre digo: é muita decepção às vezes, mas as coisas são assim. Nem todo mundo vence, é o que eu sempre digo. Não tem como brigar com o acaso.

Luke concordou avidamente com as opiniões e fez uma transição suave para uma declaração mais intensa, de que percalços nunca acontecem sozinhos.

— Ah, não acontecem mesmo, senhor, disso aí eu sei *muito bem* — Mrs. Pierce suspirou. — E quando a mulher tem um marido e oito filhos... seis vivos e dois na cova... olha, ela sabe o que é percalço, como o senhor disse aí.

— Imagino que saiba... ah, não tenho dúvida — disse Luke. — A senhora... hã... sepultou dois, foi isso?

— Tem um que não tem um mês — disse Mrs. Pierce, com uma espécie de prazer com a melancolia.

— Minha cara, que lástima.

— Não foi só lástima, não, senhor. Foi um choque. É isso que foi, né: um choque! Eu fiquei arrasada, fiquei mesmo, quando me deram a notícia. Nunca ia esperar que fosse acontecer uma coisa dessas com o meu Tommy, porque, como o senhor diz, quando o menino é um percalço, não é normal a gente pensar que vai se perder. Já a minha Emma Jane, ah, que coisinha querida que era. "Essa você não vai criar", me diziam. "Ela é boa demais pra essa vida." E era verdade, senhor. Deus conhece os Seus.

Luke concordou com a opinião e teve que se empenhar para deixarem a virtuosa Emma Jane de lado e voltarem ao menos santo Tommy.

— Seu menino morreu recentemente? — perguntou ele. — Um acidente?

— Sim, senhor, foi um acidente. Limpando as janelas da antiga Mansão, que agora é a biblioteca, deve ter perdido o equilíbrio e caiu. Foi das janelas mais altas, foi.

Mrs. Pierce discorreu com minúcia sobre cada aspecto do acidente.

— Não havia uma história — Luke falou em tom trivial — de que ele estava dançando no peitoril?

Mrs. Pierce falou que meninos são assim mesmo, mas que não há dúvida de que ele deu um susto no major, atarantado das ideias que é.

— O Major Horton?

— Sim, senhor, o dos buldogues. Depois que aconteceu o acidente, ele comentou de ter visto nosso Tommy muito nervoso... e aí é certo que, se acontecesse alguma coisa de repente e assustasse o menino, ele caía fácil. Energia, senhor. Esse que era o problema do Tommy. Para mim, ele foi um sacrifício, em mais de um sentido — concluiu ela —, mas era isso, energia, só energia... que qualquer rapaz teria. Ele não fazia mal a uma mosca, como se diz.

— Não, não, tenho certeza que não. Mas, às vezes, como Mrs. Pierce sabe, as pessoas... as pessoas sóbrias e de meia-idade têm dificuldade em lembrar que já foram jovens.

Mrs. Pierce soltou um suspiro.

— O senhor disse uma grande verdade. Só espero que um cavalheiro aí que eu não vou dizer quem é tenha reconhecido que foi ríspido com meu rapazinho... tudo por conta dessa energia.

— Ele era um serelepe com os chefes, não era? — perguntou Luke, com sorriso de complacência.

Mrs. Pierce respondeu de pronto.

— Era a diversão dele, senhor, só isso. Tommy sempre foi de imitar os outros. Fazia nossa barriga doer de rir dando aqueles passinhos como se fosse o Mr. Ellsworthy da lojinha de antiguidades. Ou o velho Mr. Hobbs, o vigia da igreja... E estava imitando o lorde na mansão enquanto os dois jardineiros riram, aí o lorde veio sorrateiro e demitiu o Tommy na hora. Era algo de se esperar, naturalmente, e justo, e o lorde não guardou mágoa depois, e ajudou o Tommy a conseguir outro emprego.

— Mas outros não foram tão generosos com ele, não é? — perguntou Luke.

— Não, não foram, senhor. Não vou dar nomes. E o senhor nunca ia pensar isso com Mr. Abbot, de postura tão agradável, sempre disposto para fazer uma gentileza ou contar uma piada.

— Tommy se encrencou com ele?

Mrs. Pierce disse:

— Ora, o menino não queria o mal de ninguém... E, afinal de contas, se o documento é particular e não é para ninguém olhar, não devia ficar em cima da mesa, né. É isso que eu digo.

— Ah, é verdade — disse Luke. — Os documentos privados no escritório de um advogado têm que ficar num cofre.

— Isso mesmo, senhor. É o que eu penso. E Mr. Pierce concorda comigo. Não é nem que Tommy tenha lido grande coisa.

— O que era? Um testamento? — perguntou Luke.

Ele julgou (provavelmente certo) que perguntar do que tratava o documento faria Mrs. Pierce travar. Mas a pergunta sem rodeios provocou uma reação imediata.

— Ah, não, senhor, nada assim, não. Não era tão importante. Era só uma carta particular, de uma dama... e Tommy nem viu quem era a senhora. Tanto alvoroço por nada, é isso que eu digo.

— Mr. Abbot deve ser o tipo de homem que se ofende fácil — ofereceu Luke.

— Bom, é o que parece, né, senhor? Embora, como eu digo, ele é sempre tão agradável de se conversar. Sempre tem uma piada ou uma palavrinha para o nosso ânimo. Mas eu também ouvi que é um homem que é difícil quando contrariam, e que ele e o Dr. Humbleby estavam em pé de guerra, pouco antes do coitado do doutor falecer. E isso não foi agradável para o Mr. Abbot depois. Porque quando tem morte, a pessoa não quer lembrar que falou o que não devia e não tem chance de desdizer.

Luke balançou a cabeça de modo cerimonioso e murmurou:

— É verdade... é verdade.

Ele prosseguiu:

— Uma pequena coincidência, não é? Uma discussão com Dr. Humbleby, e Dr. Humbleby morreu... Uma altercação com seu Tommy, e o garoto morreu! Creio que duas experiências como esta levariam Mr. Abbot a ter mais cuidado com a língua.

— Harry Carter também, o do Seven Stars — disse Mrs. Pierce. — Teve uma conversa muito pesada dos dois uma semana antes do Carter ir lá e se afogar. Mas não se pode culpar o Mr. Abbot. A ofensa veio toda da parte do Carter... foi até a casa do Mr. Abbot, foi sim, estava de pileque, e gritou as palavras mais sujas que há com todo aquele vozeirão. Pobre

Mrs. Carter, ela tinha que aguentar tanta coisa... E tenho que dizer que a morte de Carter foi uma misericórdia para ela.

— Ele deixou filha também, não deixou?

— Ah — disse Mrs. Pierce. — Eu não sou de fofocas.

Aquilo foi inesperado e promissor. Luke empertigou as orelhas e ficou esperando.

— Não vou dizer que tinha alguma coisa ali, mas falavam. Lucy Carter é uma bela duma moça, e não fosse a diferença de classe eu diria que não iam nem prestar atenção. Mas falaram e não se nega. Ainda mais depois que Carter foi até a casa dele, aos gritos e impropérios.

Luke reconheceu as implicações da explicação um tanto quanto atabalhoada.

— Mr. Abbot tem cara de quem gostaria de uma menina vistosa — disse ele.

— É o que costuma acontecer com os cavalheiros — afirmou Mrs. Pierce. — Nunca é a intenção, só uma, duas palavrinhas, de passagem... Mas a aristocracia é a aristocracia e, por consequência, os outros notam. É o que se espera num lugar tranquilo como é aqui.

— E muito charmoso — concordou Luke. — Tão imaculado.

— É o que os artistas sempre dizem, mas acho que estamos um pouco antiquados. Ora, não temos nenhum prédio aqui. Em Ashevale, por exemplo, eles têm casas novas, lindas, algumas com telhados verdes e vitrais nas janelas.

Luke estremeceu um pouco.

— Vocês têm um instituto novo e grandioso — comentou ele.

— Dizem que é uma bela construção — disse Mrs. Pierce, sem grande entusiasmo. — Claro que Vossa Senhoria o lorde fez muito pelo local. Todos sabem que é de boas intenções.

— Mas a senhora não diria que ele teve sucesso no que se empenhou? — perguntou Luke, entretido.

— Bom, senhor, é claro que ele não é da aristocracia... não como a Miss Waynflete, por exemplo, nem como a Miss

Conway. Ora, o pai de Lorde Whitfield consertava botas a poucas casas daqui. Minha mãe lembra de Gordon Ragg atendendo na loja... lembra como lembra de tudo mais. Claro que agora ele é Vossa Senhoria o lorde e é muito rico, mas nunca é a mesma coisa, não é, senhor?

— Evidente que não — concedeu Luke.

— Peço desculpas por tocar no assunto, senhor — disse Mrs. Pierce. — E sei que o senhor está hospedado na Mansão e que escreve um livro. Mas o senhor é primo de Miss Bridget, né, e isso é muito diferente. Fico muito feliz que a teremos de novo como dona da Mansão Ashe.

— É verdade — disse Luke. — Tenho certeza de que vai ficar.

Ele pagou pelos cigarros e pelo jornal com brusquidão repentina. Pensou consigo: "Eu me envolvo demais. Eu *preciso* parar de me envolver! Diabos, estou aqui para achar um criminoso. De que interessa com quem aquela bruxa morena vai casar ou não vai? Ela não tem parte nisso..."

Ele foi caminhando devagar pela ponte. Com um esforço, empurrou Bridget para o fundo da mente.

— Então — ele falou consigo. — Abbot. Os argumentos contra Abbot. Eu o vinculei a três das vítimas. Ele teve uma altercação com Humbleby, uma altercação com Carter e uma altercação com Tommy Pierce... e os três morreram. E quanto à menina, Amy Gibbs? Qual foi a carta privada que aquele garoto infernal viu? Ele sabia de quem era? Ou não? Ele não deve ter dito para a mãe. Mas imagine se *tivesse*. Imagine que Abbot tenha achado necessário calar a boca do garoto. Pode ser! É o que eu posso dizer: pode ser! Mas não basta."

Luke apertou o passo, olhando a seu redor com irritação repentina.

"Que vilarejo maldito... está me dando nos nervos. Tão sorridente, pacífico, tão inocente... e esse tempo todo, essa sequência louca de homicídios acontecendo aqui. Ou serei eu o louco? Lavinia Pinkerton era louca? Afinal de contas, isso tudo *podia* ser coincidência... sim, a morte de Humbleby e tudo mais..."

Ele olhou para toda a extensão da High Street... e foi atingido por uma sensação forte de irrealidade.

Ele falou consigo:

— Essas coisas não acontecem...

Então ele ergueu os olhos para a extensa carranca da Serra do Ashe... e assim, a sensação irreal passou. A Serra do Ashe era real. A serra tinha visto muita coisa estranha. Bruxarias, crueldades, rixas de sangue, ritos malignos...

Ele teve um sobressalto. Duas figuras estavam caminhando pela lateral das montanhas. Ele as reconheceu facilmente: Bridget e Ellsworthy. O jovem gesticulava com aquelas mãos curiosas, nojentas. Sua cabeça se curvava para Bridget. Eles pareciam duas figurinhas saídas de um sonho. Era como se os pés deles não fizessem som quando saltavam, como gatos, de um ponto a outro. Ele viu os cabelos negros dela esvoaçarem atrás de si, soprados pelo vento. Aquela magia esquisita dela o enlevou de novo.

— Enfeitiçado, é isso que estou... enfeitiçado — Luke falou para si.

Ele ficou parado. Uma sensação esquisita de torpor espalhou-se pelo corpo.

Ele pensou consigo, pesaroso: "Quem vai acabar com esse feitiço? Ninguém."

Capítulo 10

Rose Humbleby

Um barulho atrás de Luke o fez virar-se abruptamente. Havia uma moça parada, uma moça de beleza notável, com cabelos castanhos que se enroscavam nas orelhas e os olhos azul-escuros muito tímidos. Ela corou um pouco antes de falar.

— Mr. Fitzwilliam, não é? — perguntou ela.

— Sim. Eu...

— Meu nome é Rose Humbleby. Bridget me disse que... que o senhor conheceu pessoas que conheceram meu pai.

Luke teve a elegância de corar por baixo da pele bronzeada.

— Faz muito tempo — disse ele, claudicante. — Eles, hã, o conheceram quando era jovem... antes do casamento.

— Ah, entendi.

Rose Humbleby pareceu um tanto desapontada, mas prosseguiu:

— O senhor está escrevendo um livro, não está?

— Estou. Tomando notas para um livro, no caso. Sobre superstições locais. E coisas do tipo.

— Entendi. Parece interessantíssimo.

— Provavelmente será sem graça — Luke assegurou à menina.

— Ah, tenho certeza que não.

Luke sorriu para ela.

Ele pensou: "Meu caro Dr. Thomas deu sorte!"

— Tem pessoas — disse ele — que conseguem deixar até o assunto mais empolgante chato. Sinto dizer que sou uma delas.

— Ah, mas por que seria?

— Não sei. Mas é uma convicção que cresce na minha pessoa.

Rose Humbleby ofereceu:

— O senhor pode ser dessas pessoas que fazem assuntos maçantes soarem interessantíssimos!

— Ora, que *bela* consideração — disse Luke. — Muito obrigado.

Rose Humbleby retribuiu com um sorriso. Então disse:

— O senhor acredita em... em superstições e essas coisas?

— Que pergunta difícil. Não se encaixa, sabe. A pessoa pode se interessar por coisas nas quais não acredita.

— Sim, acredito que sim — a moça pareceu em dúvida.

— A senhorita é supersticiosa?

— N-não... acho que não. Mas acredito que as coisas acontecem em... em ondas.

— Ondas?

— Ondas de azar e de sorte. No caso... eu sinto que ultimamente Wychwood tem estado sob um feitiço de... infortúnio. Meu pai faleceu, depois Miss Pinkerton foi atropelada, aquele garoto caiu da janela. Eu... eu passei a ter uma sensação de ódio desse lugar. Como se eu *tivesse* que fugir!

A respiração dela começou a acelerar. Luke olhou para a menina, pensativo.

— Então você se sente assim?

— Ah! Eu sei que é uma besteira. Creio que na verdade tenha sido pela morte repentina de papai... foi tão de repente. — Ela estremeceu. — E depois, Miss Pinkerton. Ela dizia...

A menina fez uma pausa.

— O que ela dizia? Era uma senhorinha muito querida, na minha opinião. Lembrava muito uma tia especial que eu tenho.

— Ah, o senhor a conheceu? — O rosto de Rose se iluminou. — Eu tinha grande afeição por ela e ela era muito apegada ao papai. Mas às vezes me pergunto se ela era o que os escoceses chamam de *fey*.

— Por quê?

— Porque, e é tão estranho, ela parecia ter muito medo de que alguma coisa fosse acontecer com papai. Ela quase me *avisou* que ia acontecer. Principalmente quanto a acidentes. E então, naquele dia, pouco antes de ir para a cidade, ela estava com um comportamento tão estranho... estava *perturbada*. Eu acho até, Mr. Fitzwilliam, que ela é dessas pessoas que têm pressentimentos. Eu acho que ela *sabia* que algo ia lhe acontecer. E ela devia saber que algo ia acontecer com papai também. É um... é assustador pensar nesse tipo de coisa!

Ela deu um passo a mais para se aproximar dele.

— Tem momentos em que a pessoa consegue enxergar o futuro — disse Luke. — Mas nem sempre é algo sobrenatural.

— Não, imagino que seja bem natural, na verdade... é uma faculdade que falta a algumas pessoas. Mesmo assim, me preocupa...

— Não há por que se preocupar — falou Luke em tom delicado. — Lembre-se que ficou tudo para trás. Não vale a pena voltar ao passado. É pelo futuro que a pessoa tem que viver.

— Eu sei. Mas tem mais, entende... — Rose hesitou. — Tinha algo a ver... com sua prima.

— Minha prima? Bridget?

— Sim. Miss Pinkerton tinha alguma preocupação com ela, por alguma coisa. Ela estava sempre me fazendo perguntas... acho que temia por ela também.

Luke virou-se abrupto, vasculhando a encosta do morro. Ele foi tomado por uma sensação irracional de medo. Bridget sozinha com aquele homem cujas mãos tinham o tom esverdeado de carne podre! Fantasia! Pura fantasia! Ellsworthy era apenas um diletante inofensivo que se fazia de lojista.

Como se lesse os pensamentos dele, Rose disse:

— O senhor gosta de Mr. Ellsworthy?

— Não, definitivamente não.

— Geoffrey... Dr. Thomas, como o senhor conhece, também não gosta.

— E a senhorita?

— Ah, não... eu o acho tenebroso. — Ela chegou um pouco mais perto. — Falam muito dele. Ouvi dizer que fez uma cerimônia muito suspeita no Prado das Bruxas... recebeu vários amigos de Londres... uma gente de aparência suspeitíssima. E Tommy Pierce foi como um acólito.

— Tommy Pierce? — falou Luke, abrupto.

— Sim. Ele vestia até sobrepeliz e batina vermelha.

— Quando isso aconteceu?

— Ah, faz um tempo... acho que foi em março.

— Parece que Tommy Pierce estava envolvido com tudo que acontecia neste vilarejo.

Rose disse:

— Ele era bastante intrometido. Sempre tinha que saber o que acontecia.

— No fim, provavelmente sabia um pouco demais — disse Luke, sinistro.

Rose concordou com as palavras ao pé da letra.

— Era um garotinho detestável. Ele gostava de cortar asas de vespas e incomodava os cães.

— O tipo de garoto cuja morte não se lamenta!

— É, creio que sim. Mas foi horrível para a mãe dele.

— Pois sei que ela tem cinco abençoados para se consolar. Que língua tem aquela mulher.

— Ela fala muito, não é?

— Depois de comprar cigarros com ela, é como se eu conhecesse a história de todo mundo nesta cidade!

Rose falou, pesarosa:

— É o que há de pior num lugar como este. Todo mundo sabe tudo de todo mundo.

— Não, não — disse Luke

Ela olhou para ele, inquisitiva.

Luke falou em tom de importância:

— Não há ser humano que saiba toda a verdade a respeito de outro ser humano.

O rosto de Rose ficou mais sério. Ela teve um leve tremor involuntário.

— É — disse ela lentamente. — Creio que seja verdade.

— Nem os mais queridos e mais próximos — disse Luke.

— Nem mesmo... — ela parou. — Ah, creio que você tem razão, mas preferia que não falasse coisas tão assustadoras, Mr. Fitzwilliam.

— A senhorita ficou assustada?

Ela assentiu, balançando a cabeça devagar. Depois, de repente, se virou para ele.

— Tenho que ir. Se... se o senhor não tiver nada de melhor a fazer... digo, se puder... venha nos visitar. Minha mãe... ela gostaria de conhecer o senhor, já que conhecia os amigos de papai de tanto tempo.

Ela saiu caminhando lentamente pela estrada. A cabeça dela estava um pouco curvada, como se o peso da preocupação ou da perplexidade a fizesse cair.

Luke ficou parado olhando para a moça. Foi atravessado por uma onda repentina de apreensão. Teve vontade de defender e proteger aquela jovem.

Do quê? Ao se fazer a pergunta, ele sacudiu a cabeça em impaciência momentânea consigo. Sim, Rose Humbleby havia perdido o pai há pouco tempo. Mas ela tinha mãe, e estava de casamento marcado com um jovem incontestavelmente bonito que tinha tudo de que se precisava em termos de sua proteção. Então por que ele, Luke Fitzwilliam, se via tomado por aquele complexo de proteção?

O bom e velho sentimentalismo tomou a frente de novo, pensou Luke. O macho protetor! O que floresceu na era vitoriana, ganhou força na eduardiana e ainda demonstra sinais de vida, apesar do que nosso Lorde Whitfield chamaria de correrias e tensões da vida moderna!

— Seja como for — disse a si enquanto andava na direção da massa elevada da Serra do Ashe —, gostei dessa moça. Ela é boa demais para Thomas... aquele diabrete indiferente e convencido.

A memória do último sorriso do médico, na porta de casa, lhe recorreu. Como havia sido arrogante! Complacente!

O som de passos um pouco à frente despertou Luke de suas meditações um tanto quanto irritadiças. Ele olhou para cima e viu o jovem Mr. Ellsworthy descendo a trilha da encosta. Seus olhos estavam fixos no chão e ele sorria consigo. A expressão dele não agradou a Luke. Ellsworthy não estava bem caminhando, mas saltitante — como um homem sincronizado com alguma ginga dos diabos que ouve no cérebro. Seu sorriso era uma contorção esquisita e própria dos lábios, com uma dissimulação satisfeita que lhe causava nojo.

Luke havia parado e Ellsworthy estava quase frente a frente com ele quando ergueu os olhos. Aqueles olhos maliciosos e dançantes encontraram os do outro por um só instante antes de ocorrer a identificação. Foi só então, ou assim ocorreu a Luke, que o homem passou por uma transformação total. Enquanto um minuto antes havia a sugestão de um sátiro dançante, agora havia um homem levemente efeminado e esnobe.

— Ah, Mr. Fitzwilliam. Bom dia.

— Bom dia — disse Luke. — Está admirando as belezas da natureza?

As mãos compridas e pálidas de Mr. Ellsworthy ergueram-se com um gesto de reprovação.

— Ah, não, não... ah, meu caro, não. Detesto a natureza. Uma meretriz rude e sem imaginação. Sempre sustentei que não se pode aproveitar a vida até que se ponha a natureza no seu devido lugar.

— E como o senhor propõe que se faça?

— Há várias maneiras! — disse Mr. Ellsworthy. — Num lugar como este, um cantinho provinciano tão delicioso, há alguns entretenimentos mais deleitáveis se a pessoa tiver o *gôut*! O faro! Eu gosto da vida, Mr. Fitzwilliam.

— Assim como eu — disse Luke.

— *Mens sana in corpore sano* — citou Mr. Ellsworthy. Seu tom foi irônico, mas delicado. — Tenho certeza de que é *muito* aplicável ao senhor.

— Existem coisas piores — disse Luke.

— Meu camarada! A sanidade é uma chatice sem fim. A pessoa tem que ser louca! Louca de se deliciar! Depravada! Um tanto pervertida... para que possa ver a vida de um ângulo novo e cativante.

— Como o leproso vendo a missa pela fenda na parede — sugeriu Luke.

— Ah, muito bom! Muito bom. Espirituoso! Mas tem algo nessa imagem, sabe? Uma perspectiva interessante. De qualquer modo, não vou detê-lo. O senhor está fazendo seu exercício? Exercícios, tem-se que fazer. É o espírito colegial!

— Como quiser — disse Luke, que deu um meneio rápido e seguiu a caminhar.

Ele pensou: "Estou começando a imaginar coisas. O camarada é um infeliz, e só."

Mas uma inquietude indefinível fez seus pés andarem mais rápido. Aquele sorriso esquisito, astuto, triunfante, que Ellsworthy tinha no rosto... seria apenas imaginação da parte de Luke? E sua impressão subsequente de que o sorriso havia se apagado, como se por uma esponja, no instante que o outro conseguiu ver Luke vindo na direção dele... e quanto àquilo?

Com a inquietude acelerada, ele pensou:

"Bridget? Será que ela está bem? Eles subiram juntos e ele voltou sozinho."

Luke correu. O sol havia surgido enquanto ele conversava com Rose Humbleby. Agora sumira de novo. O céu estava sombrio, ameaçador, e o vento vinha aos pequenos sopros, repentinos e inconstantes. Foi como se ele houvesse saído da vida cotidiana comum para aquele meio-mundo esquisito do encanto, a consciência do qual o havia envolvido desde que chegara a Wychwood.

Ele fez uma curva e saiu na saliência plana e gramada que haviam lhe apontado lá de baixo, a qual ele já sabia que atendia pelo nome de Prado das Bruxas. Era ali, segundo a tradição, que as bruxas faziam farras na Noite de Walpurgis e no Halloween.

E então uma onda de alívio percorreu seu corpo bem rápido. Bridget estava lá. Ela estava sentada em uma rocha na encosta. Curvada para a frente, com a cabeça sobre as mãos.

Ele foi caminhando depressa até ela. A relva que brotava ali era estranhamente verde e fresca.

Ele disse:

— Bridget?

Ela ergueu o rosto das mãos aos poucos. A expressão dela o deixou assustado. Ela estava com uma cara de quem havia voltado de um mundo distante, como se tivesse dificuldade de se ajustar ao mundo do aqui e agora.

Luke disse, um tanto sem saber o que falar:

— Ora, você... você... está bem, não está?

Levou alguns instantes para ela responder, como se ainda não houvesse voltado direito daquele mundo distante que a mantinha. Luke sentia que suas palavras tinham que percorrer um longo caminho até chegarem nela.

Então ela disse:

— Claro que estou bem. Por que não estaria?

E agora sua voz saía afiada, quase hostil.

Luke sorriu.

— Valha-me se eu souber. De repente me assustei com você.

— Por quê?

— Principalmente, creio eu, por conta da atmosfera melodramática que estou vivendo no momento. Ela me faz ver coisas fora da devida proporção. Se eu perco você de vista por poucas horas que seja, já presumo que a seguir encontrarei seu corpo ensanguentado numa vala. É o que aconteceria numa peça ou num livro.

— Nunca matam as heroínas — disse Bridget.

— Não, mas...

Luke se deteve a tempo.

— O que você ia dizer?

— Nada.

Ainda bem que ele havia se detido a tempo. Não se podia dizer a uma jovem bonita que ela "não é a heroína".

Bridget prosseguiu:

— Elas são sequestradas, são presas, deixadas para morrer respirando gás do esgoto ou afogadas nos porões... Estão sempre em perigo, mas nunca morrem.

— Nem desaparecem — disse Luke.

Ele continuou:

— Então esse é o Prado das Bruxas?

— É.

Ele baixou os olhos para ela.

— Só lhe falta uma vassoura — afirmou de forma delicada.

— Obrigada. Mr. Ellsworthy disse praticamente a mesma coisa.

— Acabei de passar por ele — informou Luke.

— Chegaram a conversar?

— Sim. Acho que ele tentou me importunar.

— E conseguiu?

— Ele tem métodos muito infantis. — Luke fez uma pausa e logo prosseguiu, abrupto. — É uma figura meio estranha. Em um instante, você acha que ele é um desconjuntado... e, de repente, você se pergunta se não há mais naquela pessoa.

Bridget ergueu o olhar para ele.

— Você também sentiu?

— Então você concorda?

— Concordo.

Luke ficou aguardando Bridget prosseguir.

Ela disse:

— Tem algo de... esquisito nele. Tenho pensado, sabe... passei a noite passada em claro quebrando a cuca. Quanto a toda essa situação. Me parece que se houvesse um... um assassino à solta, *eu* devia saber quem é! No caso, por morar aqui e tudo mais. Eu pensei, e pensei, e cheguei na seguinte conclusão: se *há* um assassino, ele *deve* ser louco.

Pensando no que Dr. Thomas havia dito, Luke perguntou:

— Você não diria que um assassino pode ser são como você e eu?

— Não esse tipo de assassino. Do jeito que vejo as coisas, esse assassino *deve* ser louco. E isto, veja bem, me trouxe direto a Ellsworthy. De todas as pessoas aqui, ele é o único que com certeza é esquisito. Ele *é* esquisito, não há como negar!

Luke falou com dúvida:

— Há muitos do tipo dele: os diletantes, os afetados... geralmente são inofensivos.

— Sim. Mas penso que pode ser um pouco mais do que isso. Ele tem mãos tão feias.

— Você percebeu? Que engraçado, eu também!

— Elas não são descoradas... São verdes!

— Elas passam essa impressão. De qualquer modo, não se pode condenar um homem por homicídio por conta das cores das mãos.

— Ah, evidente. O que queremos são provas.

— Provas! — grunhiu Luke. — Exatamente o que nos falta em absoluto. O homem foi muito cuidadoso. Um assassino *cuidadoso*! Um lunático *cuidadoso*!

— Tenho tentado ajudar — disse Bridget.

— Com Ellsworthy, você quer dizer?

— Sim, pensei que poderia cuidar dele melhor do que você. Já dei um pontapé inicial.

— Diga.

— Bom, parece que ele tem uma espécie de grupo... uma tropa de amigos detestáveis. Eles vêm aqui de tempos em tempos para comemorar.

— Você se refere ao que chamam de orgias inomináveis?

— Não sei se são inomináveis, mas com certeza são orgias. Na verdade, tudo me parece bobo e infantil.

— Imagino que eles venerem o diabo e façam dancinhas obscenas.

— Algo assim. Aparentemente é uma diversão.

— Posso contribuir em algo — disse Luke. — Tommy Pierce participou de uma dessas cerimônias. Era um acólito. Usou batina vermelha.

— Então ele sabia?

— Sim. E talvez isso explique sua morte.

— Quer dizer que ele falou a respeito?

— Sim... ou pode ter tentado um tantinho de chantagem.

Bridget, pensativa, sugeriu:

— Sei que é tudo fantasioso... mas não parece tão fantasioso quando se aplica a Ellsworthy. É mais fantasioso quando se aplica a outros.

— Não, eu concordo. Torna-se uma coisa concebível, em vez de ser totalmente fora da realidade.

— Temos conexão com duas das vítimas — disse Bridget — Tommy Pierce e Amy Gibbs.

— E onde encaixar o taverneiro e Humbleby?

— No momento, não se encaixam.

— O taverneiro, não. Mas consigo imaginar motivos para eliminar Humbleby. Ele era médico e pode ter se dado conta do estado anormal de Ellsworthy.

— Sim, é possível.

Então Bridget riu.

— Eu cumpri minha parte muito bem hoje de manhã. Minhas potencialidades parapsíquicas são grandes, ao que parece. Quando eu falei de como uma de minhas trisavós fugiu por pouco de ser queimada por bruxaria, minha cotação foi às alturas. Penso que eu serei convidada a fazer parte de orgias no próximo encontro dos Jogos Satânicos, seja lá quando acontecer.

Luke disse:

— Bridget, pelo amor de Deus, tenha cuidado.

Ela olhou para ele, surpresa. Ele levantou-se.

— Acabei de conhecer a filha de Humbleby. Estávamos conversando sobre Miss Pinkerton. E a menina Humbleby disse que Miss Pinkerton ficou preocupada com você.

Bridget estava levantando-se e deteve-se como se houvesse sido congelada.

— Como é? Miss Pinkerton preocupada... *comigo?*

— Foi o que Rose Humbleby disse.

— Rose Humbleby disse?

— Sim.

— O que mais ela disse?

— Nada mais.

— Tem certeza?

— Certeza absoluta.

Houve uma pausa, depois Bridget falou:

— Entendi.

— Miss Pinkerton estava preocupada com Humbleby e *ele* morreu. Agora fiquei sabendo que estava preocupada com *você*...

Bridget riu. Ela levantou-se e sacudiu a cabeça de modo que os cabelos morenos e compridos voaram em torno da cabeça.

— Não se preocupe — disse ela. — O diabo cuida dos seus.

Capítulo 11

A vida doméstica do Major Horton

Luke recostou-se na cadeira do outro lado da mesa do gerente bancário.

— Bom, acho que estou satisfeito — disse ele. — Sinto por ter tomado tanto do seu tempo.

Mr. Jones fez um aceno de reprovação. Seu rosto pequeno, moreno e rechonchudo tinha uma expressão contente.

— Não mesmo, Mr. Fitzwilliam. Aqui é tranquilo, sabe? É sempre bom ver um estranho.

— É um cantinho fascinante desse mundo — disse Luke. — Cheio de superstições.

Mr. Jones deu um suspiro e disse que levava muito tempo para a educação erradicar a superstição. Luke comentou que se dava muito valor à educação nos tempos de hoje, e Mr. Jones ficou um tanto quanto chocado com a ideia.

— Lorde Whitfield — disse ele — tem sido um grande benfeitor para esta cidade. Ele sabe das desvantagens que teve na própria infância e está decidido a deixar a juventude de hoje mais preparada.

— As desvantagens de moço não o impediram de alcançar imensa fortuna — disse Luke.

— Não, ele deve ter competência. Muita competência.

— Ou sorte — disse Luke.

Mr. Jones pareceu chocado.

— Sorte é o que conta — disse Luke. — Pegue um assassino, por exemplo. Por que o assassino de sucesso consegue se safar? Será competência? Ou é puro acaso?

Mr. Jones admitiu que provavelmente era a sorte.

Luke prosseguiu:

— Veja um camarada como este Carter, o senhorio de um dos seus pubs. O camarada provavelmente passava bêbado seis de cada sete noites... Mas uma noite ele vai, se joga da ponte e cai no rio. Aí está o acaso de novo.

— Mas foi sorte para certas pessoas — disse o gerente do banco.

— Como assim?

— A esposa e a filha.

— Ah, sim, claro.

Um empregado bateu e entrou carregando documentos. Luke assinou em duas vias e recebeu um talão de cheques. Ele levantou-se.

— Bom, fico contente que esteja tudo acertado. Tive alguma sorte no derby deste ano. E o senhor?

Mr. Jones disse, sorrindo, que não era homem de apostas. Ele acrescentou que Mrs. Jones tinha opiniões muito fortes quanto ao tema do turfe.

— Então imagino que o senhor não tenha ido ao derby?

— De modo algum.

— Alguém daqui foi?

— Sim, o Major Horton. Ele é um grande entusiasta das corridas. E Mr. Abbot costuma tirar o dia de folga. Não apostou no vencedor, porém.

— Creio que muitos não tenham apostado — disse Luke, e partiu depois das despedidas.

Ele acendeu um cigarro ao deixar o banco. Fora a teoria da "pessoa mais improvável", ele não viu motivo para manter Mr. Jones na sua lista de suspeitos. O gerente do banco não havia demonstrado reações interessantes às perguntas de Luke. Era praticamente impossível vê-lo como assassino. No mais, ele não estava fora da cidade no dia do derby. De todo modo, a visita de Luke não havia sido um desperdício, pois ele havia recebido duas pequenas informações. Tanto Major Horton quanto Mr. Abbot, o advogado, estavam fora de Wychwood no dia do derby. Os dois, portanto, podiam estar em Londres no momento em que Miss Pinkerton foi atropelada.

Embora Luke não suspeitasse de Dr. Thomas no momento, ele sentiu que ficaria mais satisfeito se soubesse com certeza que o último havia ficado em Wychwood, envolvido em deveres profissionais, naquele dia em particular. Ele fez uma anotação mental para verificar aquela dúvida.

E ainda havia Ellsworthy. Ellsworthy teria ficado em Wychwood no dia do derby? Se tivesse, a suposição de que ele era o assassino também se enfraquecia. Porém, Luke percebeu que ainda havia a possibilidade de que a morte de Miss Pinkerton houvesse sido nem mais nem menos que um acidente.

Mas ele recusava aquela teoria. A morte dela havia sido oportuna demais.

Luke entrou no próprio carro, que estava no meio-fio, e dirigiu até a Oficina Pipwell, situada na outra ponta da High Street.

Havia várias coisinhas sobre o funcionamento do carro que ele queria discutir. Um jovem mecânico de boa aparência, com rosto de sardas, ouviu-o com atenção. Os dois ergueram o capô e ficaram absortos na discussão técnica.

Uma voz o chamou:

— Jim, venha cá só um minuto.

O mecânico de sardas obedeceu.

Jim Harvey. Isso mesmo. Jim Harvey, o rapaz de Amy Gibbs. Ele retornou de imediato, pedindo desculpas, e a conversa voltou a ficar técnica. Luke aceitou deixar o carro na oficina.

Quando estava prestes a sair, ele perguntou casualmente:

— Se deu bem no derby este ano?

— Não, senhor. Apostei no Calêndula.

— Não deve ter tido muitos que apostaram no Jujuba II.

— Não, senhor, não mesmo. Creio que nem os jornais tenham dado a dica como hipótese remota.

Luke fez que não.

— O turfe é um jogo incerto. Já assistiu a uma corrida?

— Não, senhor, mas queria muito. Pedi um dia de folga este ano. Havia uma passagem barata passando por Epsom, mas o chefe nem quis saber. Estávamos com pouca gente e tinha muito trabalho naquele dia.

Luke assentiu e partiu.

Jim Harvey foi riscado da lista. Aquele rapaz de rosto agradável não era um assassino às ocultas, e não fora ele que atropelara Lavinia Pinkerton.

Ele foi caminhando para a casa, pegando a rota da margem do rio. Ali, tal como antes, ele deparou-se com Major Horton e os cães. O major estava na mesma condição de gritaria e fúria:

— Augustus! Nelly! NELLY, eu já disse! Nero! Nero! NERO!

Os olhos protuberantes voltaram a encarar Luke. Mas desta vez havia mais pela frente. Major Horton disse:

— Com licença. Seria Mr. Fitzwilliam?

— Sim.

— Meu nome é Horton... Major Horton. Creio que vamos nos encontrar amanhã na Mansão para uma partida de tênis. Miss Conway me convidou, muito graciosa. Sua prima, não é?

— Sim.

— O que eu pensava. Logo se percebe um novo rosto por aqui, sabe.

Aqui ocorreu uma distração: os três buldogues avançando sobre um vira-lata branquinho.

— Augustus! Nero! Venha cá, senhor... venha cá, eu já disse.

Quando Augustus e Nero finalmente obedeceram à ordem, ainda que relutantes, Major Horton retomou a conversa. Luke estava fazendo carinho em Nelly, que o encarava toda sentimental.

— Bela cadela, não é? — disse o major. — Eu gosto de buldogues. Sempre gostei. Prefiro buldogues a qualquer raça. Minha casa fica aqui perto. Venha, vamos tomar um drinque.

Luke aceitou e os dois foram caminhando enquanto Major Horton discursava sobre cães e a inferioridade de todas as raças em relação às suas favoritas.

Luke ouviu dos prêmios que Nelly havia vencido, da conduta infame de um juiz ao dar a Augustus apenas uma Alta Comenda e dos triunfos de Nero nas apresentações.

Neste momento já tinham feito a curva no portão do major. Ele abriu a porta da frente, que não estava trancada, e os dois passaram à casa. Depois de conduzir o visitante até uma saleta com leve odor canino, cheia de livros, Major Horton foi ocupar-se dos drinques. Luke olhou ao seu redor. Havia fotografias de cães, cópias da *Field* e da *Country Life,* além de poltronas bastante gastas. Havia taças de prata dispostas pelas prateleiras e uma pintura a óleo sobre a cornija.

— Minha esposa — disse o major, tirando os olhos do sifão e percebendo a direção do olhar de Luke. — Mulher notável. Muito caráter naquele rosto, não acha?

— Sim, de fato — disse Luke, olhando para a finada Mrs. Horton.

Ela havia sido retratada com um vestido de seda rosa e tinha lírios do vale nas mãos. O cabelo castanho era partido ao meio e os lábios estavam franzidos, inflexíveis. Os olhos, de um cinzento gélido, encaravam com indisposição quem a observasse.

— Mulher notável — disse o major, entregando um copo a Luke. — Morreu há um ano e pouco. Desde então não sou o mesmo homem.

— Não? — disse Luke, um pouco sem saber o que dizer.

— Sente-se — disse o major, apontando com a mão para uma das cadeiras de couro.

Ele sentou-se na outra e, bebericando seu uísque com soda, prosseguiu:

— Não, desde lá não sou o mesmo.

— O senhor deve sentir saudades — disse Luke, sem jeito.

Major Horton sacudiu a cabeça, soturno.

— O camarada precisa de esposa para ficar em dia — disse ele. — Se não ele fica molenga... isso mesmo, um molenga. Perdido na vida.

— Mas é evidente que...

— Meu garoto, eu sei do que eu falo. Veja bem: não estou dizendo que o casamento não é um peso para o camarada no início. É. O camarada vai se dizer: aos diabos, não posso nem dizer que minha alma é minha! Mas se acostuma. É uma questão de disciplina.

Luke pensou que a vida matrimonial de Major Horton devia ter sido mais uma campanha militar do que um idílio da glória doméstica.

— Mulheres — soliloquiou o major — são estranhas. Às vezes parece que não há como agradar. Mas, pelos céus, elas sabem como colocar o homem na linha.

Luke manteve um silêncio de respeito.

— Casado? — inquiriu o major.

— Não.

— Ah, pois bem. O senhor vai chegar lá. E veja bem, meu garoto: não há nada igual.

— É animador — disse Luke — ouvir alguém falar bem do estado matrimonial. Principalmente nestes tempos de divórcio fácil.

— Oras! — disse o major. — Os jovens me causam enjoo. Eles não têm resistência. Eles não têm tolerância. Eles não aguentam nada. Falta *firmeza!*

Luke coçou-se para perguntar por que precisariam de firmeza tão extraordinária, mas se conteve.

— Veja bem — disse o major —, Lydia era uma mulher em mil. Em mil! Todos aqui a respeitavam e a tinham em alta conta.

— É mesmo?

— Ela não suportava absurdo algum. Ela tinha um jeito de fixar a pessoa com um olhar… e a pessoa vergava. Simplesmente vergava. Veja essas meninas imaturas que hoje em dia chamam de criadas. Eles acham que você vai aceitar qualquer insolência. Lydia mostrou para elas! Sabe que tivemos quinze cozinheiras e copeiras em um ano? *Quinze!*

Luke achou que aquilo estava longe de ser um elogio à gerência doméstica de Mrs. Horton. Mas como pareceu que a impressão do anfitrião era outra, ele apenas murmurou um comentário vago.

— Ela trocava sem pestanejar, caso não se encaixassem.

— E foi sempre assim? — perguntou Luke.

— Bom, é evidente que muitas saíram por conta própria. E já foram tarde. Era isso que Lydia dizia!

— Muito espirituosa — disse Luke —, mas às vezes não era incômodo?

— Ah! Eu não me importava de botar a mão na massa — disse Horton. — Sou um cozinheiro aceitável e quero ver alguém acender a lareira mais rápido. Nunca dei bolas para a louça, mas é evidente que tem que se lavar… não há escapatória.

Luke concordou que não havia. Ele perguntou como Mrs. Gordon era nos afazeres domésticos.

— Não sou o tipo de sujeito que deixa a esposa esperando — disse Major Horton. — E, de qualquer modo, Lydia era frágil demais para cuidar das tarefas de casa.

— Ela não tinha força?

Major Horton fez que não.

— Ela tinha um espírito maravilhoso. Ela não cedia. Mas como aquela mulher sofreu! E não tinha compaixão nenhuma pelos médicos. Médicos são brutos. Entendem apenas da dor física. Qualquer coisa que fuja do comum fica além da compreensão. Humbleby, por exemplo: todos *acham* que era bom médico.

— O senhor não concorda.

— O homem era um ignorante de marca maior. Não sabia nada das descobertas modernas. Duvido que tenha ouvido falar em neurose! Ele entendia de sarampo, de caxumba e de osso quebrados. Isso sim, creio eu. Mais nada, porém. Tive uma briga com ele no final. Ele não entendia o caso de Lydia. Eu lhe dei a verdade na cara e ele não gostou. Ficou suspiroso e desistiu na hora. Disse que eu podia mandar buscar o médico que eu quisesse. Depois dele, tivemos Thomas.

— O senhor gostou mais?

— No geral, um homem muito mais inteligente. Se alguém tinha como ajudá-la a passar pela última doença, era ele. Aliás, ela estava melhorando, mas teve um relapso repentino.

— Foi doloroso?

— Hã, sim. Gastrite. Dor aguda, enjoos e tudo mais. Como a coitada sofreu! Foi uma mártir. E tínhamos enfermeiras na casa que tinham a simpatia de um pêndulo de relógios de parede! "A paciente isto" e "a paciente aquilo". — O major sacudiu a cabeça e sorveu o copo. — Não suporto enfermeiras! Tão cheias de si. Lydia insistiu que elas estavam envenenando-a. Não era verdade, claro, uma fantasia normal dos adoentados... muita gente tem, disse Thomas... Mas havia algo de verdade por trás. As mulheres não gostavam dela. Isso é o pior das mulheres. Sempre atacando o próprio sexo.

— Creio eu — disse Luke, sentindo que estava falando de modo indesejado, mas sem saber como dizer melhor — que Mrs. Horton tinha grandes amigas em Wychwood?

— O povo foi muito gentil — disse o major, um tanto a contragosto. — Whitfield mandou uvas e pêssegos da sua estufa. E as velhas fofoqueiras vinham aqui e se sentavam com ela. Honoria Waynflete, Lavinia Pinkerton...

— Miss Pinkerton vinha com frequência, é mesmo?

— Sim. Dessas velhotas aí. Mas bondosa, a criatura! Muito preocupada com Lydia. Costumava perguntar da dieta e dos remédios. Tudo com boas intenções, sabe... mas era o que eu chamo de *enxerida*.

Luke assentiu, compreensivo.

— Não suporto gente enxerida — disse o major. — É muita mulher nessa cidade. É difícil conseguir alguém bom para jogar golfe.

— E quanto ao camarada no antiquário? — disse Luke.

O major bufou.

— Ele não joga golfe. Muito afeminadinho.

— Faz tempo que ele está em Wychwood?

— Mais ou menos dois anos. Um camarada detestável. Odeio esses de cabelo comprido que falam manso. O engraçado é que Lydia gostava dele. Não se pode confiar no juízo das mulheres quando se trata de homem. Elas se apegam a esses canalhas de um jeito que é inacreditável. Ela chegou a insistir em tomar uma beberagem que ele tinha. Uma coisa que vinha numa garrafa rosa com os signos do zodíaco! Parece que eram umas ervas que só se colhia na lua cheia. Uma grande bobagem, mas mulher engole esse tipo de coisa... e engole literalmente, haha!

Luke, sentindo que ele estava trocando de assunto de forma um tanto abrupta, mas, julgando corretamente que Major Horton não estaria ciente do fato, perguntou:

— Como é o senhor Abbot, o advogado? Ele é cioso das leis? Preciso de umas orientações jurídicas sobre uma coisa e pensei em procurá-lo.

— Dizem que é muito sagaz — reconheceu Major Horton. — Eu não sei. Aliás, tive uma briga com ele. Não o vejo desde que veio aqui para fazer o testamento de Lydia, pouco antes de ela morrer. Na minha opinião, aquele homem é um patife. Mas é claro que isso — ele complementou — não afeta sua competência como advogado.

— Não, é claro que não — disse Luke. — Parece ser um homem beligerante, porém. Ouvi que teve desavenças com muita gente.

— O problema com ele é que é muito sensível — disse Major Horton. — Acho que pensa que é Deus Todo-Poderoso e que quem discorda está cometendo lesa-majestade. Ouviu falar da briga com Humbleby?

— Eles tiveram uma briga, é?

— Uma briga de primeira. Aliás, nem me surpreende. Humbleby era um chato de galocha! De qualquer modo, aconteceu.

— A morte dele foi muito triste.

— A de Humbleby? Sim, creio que foi. Falta de atenção geral. Septicemia é uma coisa perigosa. Sempre passe iodo nos cortes. Eu passo! Uma simples precaução. Humbleby, que era médico, não fazia esse tipo de coisa. E aí dá nisso.

Luke não tinha muita certeza sobre o que se dava, mas deixou passar. Olhando para o relógio, levantou-se.

Major Horton disse:

— Está na hora do almoço? Bom, que seja. Muito bom bater um papo com o senhor. Me faz bem ver um homem que andou por esse mundo. Precisamos ter uma conversa outra hora. Qual era seu distrito? Estreito de Mayang? Nunca estive. Ouvi dizer que está escrevendo um livro. Superstições e tudo mais.

— Sim, eu...

Mas Major Horton não se deteve.

— Posso lhe contar muita coisa interessante. Quando eu estava na Índia, meu garoto...

Luke conseguiu escapar por volta de dez minutos depois, após aguentar as histórias de sempre com faquires, os truques com cordas e mangas, todos os temas caríssimos ao anglo-indiano aposentado.

Ao sair à luz do dia e ouvir a voz do Major berrando com Nero atrás de si, ele ficou maravilhado com o milagre da vida de casado. Major Horton aparentemente se lamentava de maneira genuína por uma mulher que, segundo todos os relatos, sem excluir o do próprio marido, devia ser o que há de mais próximo em termos de tigresa devoradora de homens.

Ou seria aquele, como Luke perguntou-se de súbito, um disfarce extremamente sagaz?

Capítulo 12

Disputa de passagem

A tarde da partida de tênis foi, felizmente, agradável. Lorde Whitfield estava de bom humor, cumprindo o papel de anfitrião com prazer. Fazia referências frequentes a suas origens humildes. Os jogadores eram, no total, oito: Lorde Whitfield, Bridget, Luke, Rose Humbleby, Mr. Abbot, Dr. Thomas, Major Horton e Hetty Jones, uma jovem risonha que era filha do gerente do banco.

No segundo *set* da tarde, Luke se viu em dupla com Bridget contra Lorde Whitfield e Rose Humbleby. Rose era ótima tenista, que jogava em torneios da região e tinha um *forehand* forte; precisava compensar os pontos fracos de Lorde Whitfield. Bridget e Luke, que não tinham nenhum ponto forte, conseguiram manter uma partida relativamente equilibrada. Foram três jogos no total, e depois Luke entrou numa sequência de brilhantismo irregular até que ele e Bridget seguiram firme ao cinco a três.

Foi então que ele observou que Lorde Whitfield estava perdendo a paciência. Discutiu por causa de uma bola na rede, declarou que um saque tinha sido falta apesar de Rose negar, e demonstrou todos os atributos de uma criança irritadiça. Era o *set point*, mas Bridget mandou uma bola fácil na rede e imediatamente fez outro saque para falta dupla. Empate. A bola seguinte foi devolvida no meio da quadra e, conforme se preparava para rebater, ele e a dupla colidiram. Em seguida, Bridget fez falta dupla e eles perderam o jogo.

Bridget pediu desculpas:

— Eu estou acabada.

Foi convincente. Os saques de Bridget haviam sido tresloucados e era como se ela fosse incapaz de acertar uma bola. O *set* terminou com Lorde Whitfield e sua dupla vitoriosos, e o placar de oito a seis.

Houve uma rápida discussão quanto às duplas do *set* seguinte. Ao fim, Rose jogou de novo com Mr. Abbot, contra Dr. Thomas e Miss Jones.

Lorde Whitfield sentou-se, limpando a testa e com um sorriso complacente, seu bom humor já restaurado. Começou a conversar com Major Horton a respeito de uma série de matérias sobre boa forma na Grã-Bretanha, campanha que um de seus jornais promovia.

Luke falou a Bridget:

— Me mostre a horta.

— Por que a horta?

— Estou com vontade de repolho.

— Ervilha não serve?

— Ervilha seria maravilhoso.

Eles deixaram a quadra de tênis e chegaram à horta murada. Não havia jardineiros naquela tarde de sábado, e o espaço estava ocioso e pacífico ao sol.

— Aqui estão suas ervilhas — disse Bridget.

Luke não prestou atenção ao motivo da visita. Ele disse:

— Mas por que você entregou o *set*?

As sobrancelhas de Bridget ergueram-se uma mera fração.

— Sinto muito. Fiquei acabada. Meu jogo é muito inconstante.

— Nem tanto. Essa sua falta dupla não engana nem uma criança! E aqueles saques desvairados! Cada um a quilômetros do outro.

Bridget respondeu com tranquilidade:

— É porque eu sou uma tenista terrível. Se eu fosse um pouco melhor, talvez fosse um pouco mais plausível! Mas, do jeito que está, se eu tento fazer uma bola fora, ela sempre pega linha e ainda tenho que fazer todo o resto.

— Ah, então você admite?

— É óbvio, meu caro Watson.

— E o motivo?

— Igualmente óbvio, imaginava eu. Gordon não gosta de perder.

— E quanto a mim? E se eu gostar de vencer?

— Sinto lhe dizer, meu caro Luke, que não tem a mesma importância.

— Poderia ser um pouco mais clara?

— Se é o que você quer, claro que posso: não se briga com seu ganha-pão. Gordon é quem põe o pão na mesa. Você não.

Luke respirou fundo antes de explodir.

— Que diabo você quer se casando com esse homenzinho sem noção? Por que isso?

— Porque, como secretária, eu ganhava seis libras por semana e, como esposa, eu vou tirar cem mil em caso de desquite, mais um porta-joias cheio de pérolas e diamantes, um estipêndio maravilhoso e todas as gratificações da situação matrimonial!

— Mas por funções muito diferentes!

Bridget falou com frieza:

— Precisamos *mesmo* ser melodramáticos com tudo nessa vida? Se você está pensando na linda imagem de Gordon como marido babão, pode tirar essa ideia da cabeça! Como você deve ter percebido, Gordon é um garotinho que ainda não cresceu. O que ele precisa é de uma mãe, não de uma esposa. Infelizmente, a mãe dele morreu quando ele tinha quatro anos. O que ele quer é alguém à mão para quem ele possa se gabar, alguém que lhe dê autoconfiança e que esteja preparado para escutar a fundo perdido o Lorde Whitfield discorrendo sobre o tema Lorde Whitfield.

— Você tem uma língua ferina, não tem?

Bridget retrucou com rispidez:

— Eu não fico de histórias da carochinha, se é a isso que você se refere! Sou jovem, tenho alguma inteligência, aparência bem mediana e nenhum dinheiro. Pretendo ter uma vida honesta. Meu emprego como esposa de Gordon será praticamente indistinguível do meu emprego como secretária de Gordon. Passado um ano, duvido até que ele se lembre de me dar um beijo de boa-noite. A única diferença está no salário.

Eles se olharam. Os dois estavam pálidos de raiva. Bridget falou em tom zombeteiro:

— E então? Prossiga. Você é muito à moda antiga, não é, Mr. Fitzwilliam? Quem sabe desembucha mais clichês? Diga que estou me vendendo! Esse é o melhor!

Luke falou:

— Você é um diabrete de sangue frio!

— Melhor que ser um imbecil de sangue quente!

— Será?

— Eu sei que é.

Luke bufou.

— E do que você entende?

— Eu entendo de cuidar de um homem! Você chegou a conhecer Johnnie Cornish? Passei três anos noiva do sujeito. Era muito querido, e eu gostava muito dele. Gostava tanto que chegava a *doer*! Bom, ele me jogou de escanteio e casou-se com uma viúva gorda com sotaque nortista, três queixos e que tem uma renda de trinta mil por ano! É o tipo de coisa que faz a pessoa se curar do romantismo, não acha?

Luke virou-se e deu um gemido brusco.

— Pode ser.

— E foi.

Houve uma pausa. O silêncio entre eles era pesado. Bridget finalmente rompeu. Ela falou, um tanto incerta no tom de voz:

— Espero que você se dê conta que não tem direito nenhum neste mundo de falar comigo do jeito falou. Você está hospedado na casa de Gordon, e isso é de uma falta de educação atroz!

Luke recuperou a compostura.

— E isso também não é um clichê? — perguntou ele, com toda a polidez que tinha.

Bridget corou.

— Seja lá o que for, é verdade!

— Não é. Eu tinha todo o direito.

— Absurdo!

Luke olhou para ela. O rosto dele estava estranhamente descorado, como um homem com dores. Ele disse:

— Eu *tenho* esse direito. Tenho o direito de gostar de você. Como foi que você disse? De gostar tanto que chega a doer!

Ela deu um passo para trás. Disse:

— Seu...

— Pois é. Curioso, não? O tipo de coisa que vale uma gargalhada! Eu vim aqui para um trabalho, aí *você* apareceu, vindo de trás dessa casa e... como que eu vou dizer... me enfeitiçou! Essa que é a sensação. Você acabou de falar em contos da carochinha. Eu estou num conto da carochinha! Você me enfeitiçou. Tenho a sensação de que se você apontasse um dedo para mim e dissesse: "Transforme-se em sapo", eu sairia pulando com os olhos pipocando da cabeça.

Ele deu um passo a mais até ela.

— Eu te amo a ponto de me danar, Bridget Conway. E, por te amar a ponto de me danar, não espere que eu vá gostar de ver você casando-se com um duquezinho metido e pançudo que perde a compostura se não ganha uma partida de tênis.

— O que você sugere que eu faça?

— Que se case comigo! Mas não tenho dúvida que essa sugestão vai provocar muitas risadas.

— Risada de explodir.

— Exatamente. Agora cada um sabe seu lugar. Vamos voltar à quadra de tênis? Quem sabe então você me encontra uma dupla que jogue para vencer!

— Ora — disse Bridget em tom doce —, parece que você fica tão incomodado de perder quanto Gordon!

Luke de repente a pegou pelos ombros.

— Você tem uma língua dos diabos, não tem, Bridget?

— Sinto dizer que você não gosta muito de mim, Luke, por maior que seja seu ardor!

— Creio que não gosto nada de você.

Bridget disse, olhando para ele:

— Você queria se casar e sossegar quando voltou para casa, não queria?

— Queria.

— Mas não com alguém como eu?

— Nunca pensei em ninguém minimamente parecida com você.

— Não, e nem pensaria... conheço seu tipo. Conheço muito bem.

— Você é tão inteligente, cara Bridget.

— Uma mocinha muito agradável. Inglesinha dos pés à cabeça, que gosta do interior e sabe cuidar de cães... Provavelmente já a visualizou com uma saia de *tweed* mexendo na lareira com a ponta do pé.

— Uma imagem que me parece muito bonita.

— Tenho certeza que sim. Podemos voltar à quadra? Você pode jogar com Rose Humbleby. Ela é tão boa que é praticamente certo que você vai ganhar.

— Por ser da velha guarda, vou deixar que tenha a última palavra.

Mais uma vez, uma pausa. Então Luke lentamente tirou as mãos dos ombros dela. Ficaram parados, como se alguma coisa não dita ainda pairasse entre os dois.

Então Bridget virou-se abruptamente e tomou a frente para eles voltarem. O *set* seguinte estava quase acabando. Rose reclamou de jogar de novo.

— Eu joguei dois *sets* colados.

Bridget, contudo, insistiu.

— Estou cansada. Não quero jogar. Você e Mr. Fitzwilliam fiquem com Miss Jones e Major Horton.

Mas Rose continuou a reclamar e, ao fim, conseguiu um quarteto de homens. Depois veio o chá.

Lorde Whitfield conversava com Dr. Thomas, descrevendo em pormenores e atribuindo-se muita importância na visita que fizera recentemente aos Laboratórios de Pesquisa Wellerman Kreutz.

— Eu queria entender as tendências das últimas pesquisas científicas por mim mesmo — explicou ele com sinceridade. — Sou responsável pelo que meus jornais publicam. Levo isso muito a sério. Estamos na era da ciência. A ciência deve ser facilmente assimilável pelas massas.

— Um pouco de ciência talvez seja uma coisa perigosa — disse Dr. Thomas com um leve encolher dos ombros.

— A ciência dentro de casa: essa que deve ser nossa meta — disse Lorde Whitfield. — A mentalidade científica...

— Vidrados em tubos de ensaio — disse Bridget, séria.

— Eu fiquei impressionado — disse Lorde Whitfield. — O próprio Wellerman me conduziu. Implorei que me deixasse com um subalterno, mas ele insistiu.

— Naturalmente — disse Luke.

Lorde Whitfield parecia satisfeito.

— E ele explicou tudo com clareza: a cultura, o soro, todo o princípio da coisa. Ele aceitou contribuir com a primeira matéria da série, da sua autoria.

Mrs. Anstruther murmurou:

— Eles usam cobaias, creio eu. É tão cruel... mas claro que não tanto quanto é com cães ou gatos.

— Quem usa cães devia ser fuzilado — disse Major Horton, à meia voz.

— Eu acredito, Horton — disse Mr. Abbot — que você valoriza mais a vida canina do que a humana.

— Mas sempre! — disse o major. — Cães não vão traí-lo como trai o ser humano. Nunca levei desaforo de um cão.

— Só levou um canino grudado na canela — disse Mr. Abbot. — Não é, Horton?

— Cães são bons em avaliar caráter — disse Major Horton.

— Um de seus brutos quase me agarrou pela perna na semana passada. O que você diz disso, Horton?

— A mesma coisa que eu acabei de dizer!

Bridget se interpôs com tato:

— Quem sabe mais uma partida?

Jogaram mais alguns *sets*. Depois, quando Rose Humbleby se despediu, Luke apareceu ao lado dela.

— Posso levá-la em casa — ofereceu ele. — E pode deixar que levo a raquete. A senhorita não tem carro, tem?

— Não, mas não é longe.

— Eu queria caminhar.

Ele não falou mais, apenas pegando a raquete e os sapatos de Miss Humbleby. Eles foram até os portões sem trocar uma palavra. Então Rose comentou uma ou duas questões triviais. Luke respondeu de forma curta, mas foi como se a garota não notasse.

Conforme eles se viraram para o portão da casa dela, o rosto de Luke desanuviou.

— Estou me sentindo melhor agora — disse ele.

— Estava se sentindo mal?

— Muito gentil da sua parte fingir que não notou. A senhorita exorcizou o temperamento amuado do bruto, porém. Engraçado, eu sinto que saí debaixo de uma nuvem negra e cheguei no sol.

— E saiu. Havia uma nuvem sobre o sol quando saímos da Mansão e agora ela passou.

— Então é tanto literal quanto figurativo. Ora, ora... o mundo é um bom lugar, afinal de contas.

— Claro que é.

— Miss Humbleby, me permite uma impertinência?

— O senhor nunca seria impertinente.

— Ah, não tenha essa certeza. Queria dizer que eu acho que Dr. Thomas é um homem de muita sorte.

Rose corou e sorriu.

Ela disse:

— Então ouviu dizer?

— Era para ser segredo? Sinto muito.

— Ah! Nada é segredo neste lugar — disse Rose, pesarosa.

— Então é verdade? Você e ele estão noivos?

Rose assentiu.

— É que, por enquanto, não vamos anunciar oficialmente. Entenda que papai era contra e, bom, parece indelicado que eu... que eu fique falando disto por todos os lados logo depois de ele falecer.

— Seu pai era contra?

— Não era exatamente *contra*. Bom, imagino que era, no fim das contas.

Luke falou com delicadeza:

— Ele achava que você era muito nova?

— Foi o que ele disse.

Luke disse pontualmente:

— Mas você diria que foi algo mais?

Rose curvou a cabeça de modo lento e relutante.

— Sim. Sinto dizer que, no fim das contas, papai não... bom, papai *não gostava* de Geoffrey.

— Eles eram antagônicos?

— Era o que parecia, às vezes... Mas, claro, papai era um velhinho cheio de recalques.

— E imagino que era muito afeito a você e não gostava da ideia de perdê-la?

Rose aquiesceu, mas ainda com um toque de reserva na conduta.

— Era mais sério? — perguntou Luke. — Ele não queria mesmo que Thomas fosse seu marido?

— Não. Veja bem... papai e Geoffrey são muito diferentes. E, de certo modo, entraram em conflito. Geoffrey era muito paciente, compreensivo, mas saber que papai não gostava dele o deixava mais reservado e retraído, de modo que papai nunca conseguiu conhecê-lo a fundo.

— É muito difícil enfrentar preconceitos — disse Luke.

— Era uma coisa totalmente ilógica!

— Seu pai não apresentou nenhum motivo?

— Ah, não. Não tinha como! Naturalmente, no caso, não havia nada que ele pudesse dizer contra Geoffrey, fora que não gostava dele.

— *I do not like thee, Dr. Fell, the reason why I cannot tell.*[2]

— Exatamente.

— Nada de concreto em que se apoiar? No caso, seu Geoffrey não bebe nem aposta nos cavalos?

— Ah, não. Creio que Geoffrey nem saiba quem venceu o derby.

— Que engraçado — comentou Luke. — Veja que eu podia jurar que vi Dr. Thomas em Epsom no dia do derby.

Por um instante, ele ficou nervoso, pensando que já poderia ter mencionado que só havia chegado na Inglaterra naquele dia. Mas Rose reagiu de imediato, sem demonstrar desconfiança.

— Você achou que tinha visto Geoffrey no derby? Ah, não. Ele não conseguiria sair daqui, para começar. Passou quase o dia inteiro em Ashewold, em um parto com complicações.

— Que memória você tem!

Rose riu.

2 *"De ti não gosto, Dr. Furtivo, tampouco te direi motivo."* Epigrama que virou parte de rima infantil na Inglaterra do século 19. [N. do T.]

— Eu lembro porque ele me contou que deram o apelido de Jujuba à bebê!

Luke assentiu, distraidamente.

— Enfim — concluiu Rose. — Geoffrey nunca vai a corridas. Morreria de tédio.

Ela complementou em outro tom de voz:

— O senhor quer... entrar? Minha mãe gostaria de conhecê-lo.

— Se você tem certeza...

Rose os conduziu a uma sala onde o crepúsculo dava tons tristes. Havia uma mulher sentada em uma poltrona, numa posição curiosa, como se agachada.

— Mãe, este é Mr. Fitzwilliam.

Mrs. Humbleby teve um sobressalto e apertou a mão da visita. Rose saiu da sala sem fazer som.

— Fico contente em conhecê-lo, Mr. Fitzwilliam. Amigos seus conheceram meu marido há muitos anos, pelo que Rose me conta.

— Sim, Mrs. Humbleby. — Ele se odiava por ter que repetir a mentira à viúva, mas não havia saída.

Mrs. Humbleby disse:

— Queria que tivessem se conhecido. Era um homem maravilhoso, grande médico. Curou muitos que haviam sido tratados como incuráveis, só com a força da personalidade.

Luke falou com educação:

— Ouvi muito a respeito do doutor desde que cheguei à cidade. Sei o quanto o tinham em consideração.

Ele não conseguia enxergar o rosto de Mrs. Humbleby com toda distinção. A voz dela era monótona, mas a falta de emoção era como uma ênfase de que ela tinha emoções por dentro, contidas com toda força.

Ela falou de modo um tanto quanto inesperado:

— O mundo é muito perverso, Mr. Fitzwilliam. O senhor sabia?

Luke ficou um pouco surpreso.

— Sim, talvez seja.

Ela insistiu:

— Não, mas o senhor *sabe*? É importante que saiba. Há muita perversidade mundo afora. A pessoa tem que estar preparada... a postos para a luta! John estava. *Ele* sabia. Ele estava do lado certo!

Luke concordou com delicadeza:

— Tenho certeza que sim.

— Ele sabia da perversidade que existia *nesta* cidade — disse Mrs. Humbleby. — Ele sabia...

De repente ela irrompeu em lágrimas.

Luke murmurou:

— Eu sinto muito... — e parou.

Ela controlou-se tão repentinamente quanto perdeu o controle.

— O senhor há de me perdoar — pediu. Ela estendeu a mão e ele pegou. — Venha nos ver enquanto estiver aqui — convidou ela. — Faria bem a Rose. Ela gosta muita do senhor.

— Eu gosto dela. Creio que sua filha é a moça mais agradável que eu conheço em muito tempo, Mrs. Humbleby.

— Ela é ótima para mim.

— O Dr. Thomas é um homem de muita sorte.

— Sim. — Mr. Humbleby deixou a mão cair. A voz dela havia perdido o tom de novo. — Eu não sei... é tão difícil.

Luke a deixou na penumbra, com os dedos torcendo e se retorcendo com o nervosismo.

Enquanto ele caminhava até em casa, sua mente repassou vários pontos da conversa.

Dr. Thomas estava ausente de Wychwood durante boa parte do dia do derby. Ele estava ausente em um carro. Wychwood ficava a cinquenta quilômetros de Londres. Supostamente ele estava atendendo um parto. Haveria mais do que sua própria palavra? Ele imaginou que teria como averiguar. Sua mente passou a Mrs. Humbleby.

O que ela havia querido dizer com essa insistência na frase: "*Há muita perversidade mundo afora*..."?

Estaria apenas nervosa e cansada com o choque da morte do marido? Ou haveria mais ali?

Será que ela sabia de algo? Algo que Dr. Humbleby soube antes de morrer?

— Preciso seguir com a investigação — disse Luke a si mesmo. — Preciso seguir em frente.

Manteve-se resoluto em evitar a lembrança da disputa de passagem que havia se dado entre ele e Bridget.

Capítulo 13

Miss Waynflete se pronuncia

Na manhã seguinte, Luke chegou à decisão. Concluiu que havia chegado até onde era possível por investigações indiretas. Era inevitável: mais cedo ou mais tarde, ele seria forçado a se revelar. Sentiu que havia chegado a hora de desprezar a camuflagem do livro e revelar que ele havia vindo a Wychwood com uma meta.

Em conformidade com esse plano de campanha, ele decidiu recorrer a Honoria Waynflete. Não só ele havia se impressionado positivamente com os ares discretos da solteirona de meia-idade, e com certa astúcia na visão de mundo, mas ele também imaginava que ela teria informações que o ajudariam. Luke acreditava que ela havia lhe dito o que *sabia*. Agora queria convencê-la a dizer o que ela *supunha*. Ele tinha em mente, muito arguto, que as suposições de Miss Waynflete estariam muito perto da verdade.

Ele ligou imediatamente depois da igreja.

Miss Waynflete o recebeu como se fosse uma visita ordinária, sem demonstrar surpresa com a convocação. Quando ela se sentou perto dele, com as mãos delicadas uma sobre a outra e seus olhos espertos, tais como os de uma cabra amigável, fixos no rosto de Luke, ele não teve dificuldade em chegar ao objetivo da visita.

Ele disse:

— Ouso dizer que a senhorita, Miss Waynflete, já concluiu que o motivo de eu ter vindo aqui não é apenas escrever um livro sobre costumes locais, não é?

Miss Waynflete inclinou a cabeça e continuou a ouvir.

Luke ainda não estava à vontade para entrar na história completa. Miss Waynflete até podia ser discreta, e era certo que dava esta impressão. Mas no que concerne a uma solteirona coroca, Luke achava que não tinha como confiar que ela resistiria à tentação de confiar uma novidade tão empolgante a uma ou duas amiguinhas de confiança. Assim, ele se propôs a um meio-termo.

— Estou aqui para uma investigação a respeito das circunstâncias da morte da pobre Amy Gibbs.

Miss Waynflete disse:

— O senhor está dizendo que foi enviado pela polícia?

— Não, não... Não sou um detetive à paisana. — Ele complementou com uma inflexão levemente cômica. — Sinto dizer que sou aquele personagem que muito se conhece dos livros: o investigador particular.

— Entendi. Então foi Bridget Conway que o trouxe aqui?

Luke hesitou por um instante, então decidiu deixar estar. Sem entrar em toda a história com Miss Pinkerton, era difícil dar conta da sua presença. Miss Waynflete estava prosseguindo, com uma suave nota de admiração na voz.

— Bridget é tão pragmática. Tão eficiente! Sinto dizer, que caso fosse *comigo,* eu não confiaria no meu próprio juízo. Digo: se a pessoa não tem plena certeza de algo, é muito difícil comprometer-se com uma rota de ação definida.

— Mas a senhorita tem certeza, não tem?

Miss Waynflete falou séria:

— Não, Mr. Fitzwilliam, não tenho. Não é algo de que se pode ter certeza! Digo: *pode* ser tudo imaginação. Vivendo sozinha, sem ter ninguém para consultar ou com quem falar, é fácil a pessoa virar melodramática e imaginar coisas que não têm fundamento nos fatos.

Luke assentiu prontamente à afirmação, reconhecendo que ela tinha uma verdade inerente, mas complementou com educação:

— Mas a senhorita tem certeza na sua mente?

Mesmo aqui Miss Waynflete demonstrou certa relutância.

— Espero que não estejamos falando de assuntos distintos... — objetou ela.

Luke sorriu.

— Gostaria que eu colocasse em termos mais simples? Pois bem. A senhorita acha que Amy Gibbs foi assassinada?

Honoria Waynflete encolheu-se um tanto com a crueza das palavras. Ela disse:

— Não me sinto nem um pouco contente com a morte de Amy. Nem um pouco. É tudo deveras insatisfatório, na minha opinião.

Luke falou com toda paciência:

— Mas a senhorita não acredita que a morte dela tenha sido natural?

— Não.

— E não acredita que tenha sido um acidente?

— Me parece muito improvável. São tantas...

Luke a interrompeu.

— Não acredita que tenha sido suicídio?

— Não. Definitivamente, não.

— Então — disse Luke com delicadeza — a senhorita *acha* que foi um homicídio?

Miss Waynflete hesitou, engoliu e mergulhou com coragem.

— Sim — ela disse. — Acho!

— Bom. Agora podemos seguir com as coisas.

— Mas eu não tenho *provas* para embasar o que acredito — explicou Miss Waynflete, nervosa. — Não passa de uma *ideia*.

— De fato. E estamos numa conversa particular. Estamos apenas falando do que *pensamos* e *suspeitamos*. *Suspeitamos* que Amy Gibbs tenha sido assassinada. Quem *pensamos* que a assassinou?

Miss Waynflete fez que não. Ela parecia muito nervosa.

Luke disse, olhando para ela:

— Ela havia tido uma briga, creio eu, com seu moço da oficina, Jim Harvey. Jovem muito confiável, de boa estirpe. Sei que se lê nos jornais de moços que agridem suas amadas e outras coisas temerosas, mas não creio que Jim faria uma coisa dessas.

Luke assentiu.

Miss Waynflete prosseguiu.

— Além disso, eu não acredito que ele faria desse modo. Que subiria na janela dela e trocaria um frasco de veneno pelo outro com o xarope. Quer dizer, não me parece…

Luke veio ao resgate quando ela hesitou.

— Não seria a atitude de um namorado furioso? Concordo. Na minha opinião, podemos descartar Jim Harvey de vez. Amy foi morta, e estamos concordando que ela *foi* morta, por alguém que não a queria de intrometida e que planejou o crime meticulosamente a ponto de parecer um acidente. E a senhorita teria noção, um *palpite* que seja, se pudermos colocar assim, de quem seria esta pessoa?

Miss Waynflete disse:

— Não, na verdade, não… não tenho a mínima ideia!

— É sério?

— N-não… não, mesmo.

Luke ficou olhando para ela, pensativo. Sentia que a negação não havia soado genuína. Ele prosseguiu:

— A senhorita não saberia um motivo?

— Motivo algum.

Aquela resposta foi mais enfática.

— Ela passou por muitas casas em Wychwood?

— Ela ficou um ano com os Horton antes de trabalhar com Lorde Whitfield.

Luke resumiu rapidamente:

— Então é o seguinte. Alguém queria que essa moça desaparecesse. Dos fatos que temos, supomos que, primeiro:

era um homem e um homem de perspectiva moderadamente antiquada, como se mostra pelo detalhe da tinta de pintar chapéu. E, segundo: que deve ter sido um homem razoavelmente atlético, já que está evidente que ele deve ter escalado o alpendre para entrar pela janela da moça. A senhorita concorda com estas afirmações?

— Com certeza — disse Miss Waynflete.

— Se importa se eu tentar fazer o mesmo?

— De modo algum. Acho uma ótima ideia, aliás.

Ela o levou até a porta lateral e para o quintal dos fundos. Luke conseguiu chegar no telhado do alpendre sem muito esforço. Dali, ele podia erguer facilmente o caixilho da janela da moça e, com o mínimo esforço, puxar-se para dentro do quarto. Minutos depois ele reencontrou Miss Waynflete na passagem abaixo, limpando as mãos com seu lenço.

— É mais fácil do que parece, inclusive — disse ele. — Caso se tenha algum músculo, no caso. Não havia sinais no peitoril nem do lado de fora?

Miss Waynflete fez que não.

— Creio que não. O inspetor também subiu, é claro.

— Então, se havia outros vestígios, se entenderia que eram dele. Como a polícia ajuda o criminoso! De qualquer modo, é o que temos!

Miss Waynflete tomou a frente para voltar à casa.

— Amy Gibbs tinha sono pesado? — perguntou ele.

Miss Waynflete respondeu com acidez:

— Era extremamente difícil acordá-la pela manhã. Às vezes eu batia na porta várias vezes e a chamava antes de atender. Mas há o seguinte, Mr. Fitzwilliam. O senhor conhece aquele ditado: o pior surdo é aquele que não quer ouvir!

— É verdade — concordou Luke. — Bom, Miss Waynflete, então chegamos à questão do *motivo*. A começar pelo mais óbvio: a senhorita acredita que havia algo entre aquele camarada Ellsworthy e a moça? — Ele complementou com pressa: — Estou pedindo apenas sua *opinião*. Apenas.

— Se é uma questão de opinião, eu diria que sim.

Luke assentiu.

— Na sua opinião, a tal de Amy estaria envolvida com algum tipo de chantagem?

— Mais uma vez em termos de opinião, eu devo dizer que é deveras possível.

— Por acaso a senhorita sabe se ela tinha muito dinheiro em sua posse no momento em que morreu?

Miss Waynflete parou para pensar.

— Creio que não. Se ela tivesse alguma quantia fora do comum, acho que eu teria ouvido falar.

— E não havia se permitido nenhuma extravagância antes de falecer?

— Creio que não.

— Pois isso atrapalha a teoria da chantagem. A vítima geralmente paga uma vez antes de decidir recorrer a extremos. Mas há outra teoria: a moça podia *saber* de alguma coisa.

— Que tipo de coisa?

— Ela podia ter conhecimento de algo que era perigoso para alguém aqui em Wychwood. Vamos pegar um caso absolutamente hipotético. Ela trabalhou em um bom número de casas daqui. Vamos supor que tenha vindo a saber de algo que podia prejudicar, digamos, alguém como Mr. Abbot, em termos profissionais.

— Mr. Abbot?

Luke falou rápido:

— Ou quem sabe alguma negligência ou conduta antiética da parte do Dr. Thomas.

Miss Waynflete começou a falar:

— Mas claro que... — e então parou.

Luke prosseguiu:

— Amy Gibbs foi empregada doméstica, como a senhorita disse, na casa dos Horton na época em que Mrs. Horton faleceu.

Houve um instante de pausa, então Miss Waynflete disse:

— Mr. Fitzwilliam, poderia me explicar por que incluiu os Horton nessa conversa? Mrs. Horton morreu há mais de um ano.

— Sim, e Amy trabalhava lá na época.

— Entendi. O que os Horton têm a ver?

— Não sei. Eu... eu apenas me questiono. Mrs. Horton faleceu de gastrite aguda, não foi?

— Sim.

— A morte dela foi, em algum sentido, inesperada?

Miss Waynflete respondeu devagar:

— Para mim, foi. Pois veja que ela vinha melhorando, parecia estar a caminho da recuperação... então teve um relapso repentino e faleceu.

— O Dr. Thomas ficou surpreso?

— Não sei. Creio que sim.

— E as enfermeiras, o que disseram?

— Pelo que eu conheço — disse Miss Waynflete —, enfermeiras nunca se surpreendem quando um caso piora! O que as surpreende são as recuperações.

— Mas a morte dela surpreendeu a senhorita? — insistiu Luke.

— Sim. Eu a vi um dia antes e me parecia muito melhor. Conversava e aparentava muita alegria.

— O que ela achava da doença?

— Ela reclamava que as enfermeiras estavam envenenando-a. Ela havia mandado uma embora, mas dizia que as outras duas também eram ruins!

— Imagino que a senhorita não tenha dado tanta atenção?

— Bom, não. Eu considerava que fazia parte da doença. E era uma mulher muito desconfiada e, talvez seja indelicado eu dizer, mas ela gostava de se sentir *importante*. Nenhum médico chegou a entender o caso... e nunca foi uma coisa simples. Deve ser ou uma doença obscura, ou alguém que estivesse tentando “tirá-la de cena”.

Luke tentou um tom de voz casual.

— Ela não suspeitava que o marido estivesse tentando matá-la?

— Ah, não, *não*. Nunca lhe ocorreu uma ideia dessas!

Miss Waynflete pausou por um instante, depois perguntou discretamente:

— É o que senhor pensa?

Luke falou sem pressa:

— Maridos já fizeram esse tipo de coisa e se safaram. Mrs. Horton, pelo que eu ouvi, era uma mulher da qual todo homem ia querer se livrar! E eu soube que ele recebeu muito dinheiro com a morte dela.

— Sim, recebeu.

— O que a *senhorita* acha, Miss Waynflete?

— Quer a minha opinião?

— Sim, apenas sua opinião.

Miss Waynflete falou com voz propositalmente baixa:

— Na minha opinião, Major Horton era muito devoto de sua esposa e nunca sonharia em fazer uma coisa dessas.

Luke olhou para ela e recebeu o olhar ameno e amarelo de resposta. Ela não cedeu.

— Bom — disse ele —, espero que esteja certa. A senhorita provavelmente saberia se fosse o inverso.

Miss Waynflete permitiu-se um sorriso.

— Nós, mulheres, somos ótimas observadoras, não somos?

— De primeira grandeza, não tenho dúvida. Miss Pinkerton teria concordado, não acha?

— Não creio que eu já tenha ouvido Lavinia expressar uma opinião.

— O que ela achava de Amy Gibbs?

Miss Waynflete franziu um pouco o cenho, como se estivesse refletindo.

— Difícil dizer. Lavinia tinha ideias muito peculiares.

— Quais seriam?

— Ela achava que havia algo de suspeito acontecendo aqui em Wychwood.

— Ela chegou a considerar, por exemplo, que alguém havia empurrado Tommy Pierce da janela?

Miss Waynflete olhou para ele com expressão surpresa.

— *Como* o senhor sabe disso, Mr. Fitzwilliam?

— Ela me contou. Não com essas palavras, mas me deu uma ideia geral.

Miss Waynflete curvou-se para a frente, rosada de animação.

— Quando isso aconteceu, Mr. Fitzwilliam?

Luke falou em voz baixa:

— No dia em que ela foi morta. Viajamos juntos para Londres.

— O que exatamente ela disse ao senhor?

— Ela me disse que havia acontecido muitas mortes em Wychwood. Falou de Amy Gibbs, de Tommy Pierce e daquele homem, Carter. Ela também disse que Dr. Humbleby seria o próximo.

Miss Waynflete assentiu com vagareza.

— Ela disse ao senhor quem era o responsável?

— Um homem com certa expressão no olhar — disse Luke, em tom obscuro. — Um olhar que não deixava engano, de acordo com ela. Ela havia visto aquele olhar quando o homem conversou com Humbleby. Por isso afirmou que o médico seria o próximo.

— E foi — sussurrou Miss Waynflete. — Minha nossa. Minha nossa.

Ela se inclinou para trás. Seus olhos tinham expressão abatida.

— Quem era esse homem? — perguntou Luke. — Vamos, Miss Waynflete, a senhorita sabe. *Deve* saber!

— Eu não sei. Ela não me contou.

— Mas tem como supor — falou Luke com veemência. — A senhorita tem uma ótima noção de quem Miss Pinkerton tinha em mente.

Miss Waynflete relutantemente baixou a cabeça.

— Então me diga.

Mas Miss Waynflete fez um não vigoroso com a cabeça.

— Não sei mesmo. O senhor está me pedindo uma coisa deveras imprópria! Está pedindo que eu *suponha* o que pode... apenas *pode,* veja bem... ter estado na mente de uma amiga *que está morta.* Eu não poderia fazer uma acusação dessas!

— Não seria uma acusação. Apenas uma opinião.

Mas Miss Waynflete, inesperadamente, foi firme.

— Eu não tenho no que me sustentar... nada mesmo — insistiu ela. — Lavinia nunca chegou a me *dizer* o que quer que fosse. Eu posso *achar* que ela tinha uma noção... Mas veja que posso estar totalmente *errada.* E aí eu desencaminharia o senhor, e quem sabe adviriam consequências sérias. Seria muito perverso e injusto da minha parte citar um *nome.* E eu poderia estar errada, totalmente errada! Aliás, provavelmente *esteja*!

Miss Waynflete fechou os lábios com firmeza e dirigiu um olhar determinado a Luke.

Luke sabia aceitar a derrota quando ela o encarava.

Ele percebeu que o senso de retidão de Miss Waynflete e algo mais nebuloso que ele não conseguia precisar estavam ambos contra ele.

Aceitou a derrota de bom grado e se levantou para despedir-se. Tinha toda a intenção de voltar à carga depois, mas não se permitiu sinal daquilo para voltar à sua postura.

— A senhorita tem que fazer o que julga correto, é claro — disse ele. — Obrigado pela ajuda que me concedeu.

Miss Waynflete aparentemente estava menos segura de si ao acompanhá-lo até a porta.

— Espero que não considere... — ela começou a dizer, mas depois mudou a formulação da frase. — Se tem algo mais que eu possa fazer para ajudar o senhor, por favor me diga.

— Eu aviso. A senhorita não vai repetir esta conversa com outros, vai?

— É claro que não. Não direi uma palavra a quem quer que seja.

Luke torcia para que fosse verdade.

— Envie minhas lembranças a Bridget — disse Miss Waynflete. — É uma moça tão bonita, não é? E inteligente. Eu… eu espero que ela seja feliz.

E, enquanto Luke procurava uma pergunta, ela complementou:

— No casamento com Lorde Whitfield, quero dizer. A diferença de idade é grande.

— Sim, é mesmo.

Miss Waynflete deu um suspiro.

— Sabia que já fomos noivos? — falou ela, de surpresa.

Luke ficou olhando para a mulher, pasmo. Ela estava meneando a cabeça, com um sorriso triste.

— Foi há muito tempo. Era um garoto tão promissor. Eu o havia ajudado, sabe. A se educar. E eu tinha tanto orgulho do seu… do seu ímpeto, de como era determinado a ter sucesso.

Ela suspirou de novo.

— Minha família, é claro, ficou escandalizada. As distinções de classe naquela época eram muito fortes. — Ela complementou depois de alguns instantes. — Acompanhei a carreira dele com muito interesse. Creio que minha família estava enganada.

Então, com um sorriso, ela fez um meneio de despedida e entrou na casa.

Luke tentou organizar as ideias. Ele havia catalogado Miss Waynflete como "velha". Agora ele percebia que provavelmente ela tinha menos de sessenta. Lorde Whitfield devia ter cinquenta e muitos. Ela tinha dois anos a mais, quem sabe, mas nada além.

E Whitfield ia casar-se com Bridget. Bridget, que tinha 28 anos. Bridget, tão jovem, tão vivaz…

— Ah, diabos — disse Luke. — Não posso ficar pensando nessas coisas. Vamos trabalhar. Vamos trabalhar.

Capítulo 14

As reflexões de Luke

Mrs. Church, a tia de Amy Gibbs, era uma mulher desagradável. Tanto o nariz afilado quanto os olhos evasivos e a língua volúvel deixaram Luke com náuseas.

Ela resolveu adotar uma postura seca e, inesperadamente, teve sucesso.

— O que a senhora tem que fazer — ele disse a ela — é responder minhas perguntas até onde puder. Caso esconda algo ou adultere a verdade, as consequências podem ser extremamente sérias.

— Sim, senhor. Eu entendi. Pode ter certeza de que estou é muito disposta a lhe dizer o que eu puder. Eu nunca me meti com polícia…

— E nem queira se meter — encerrou Luke. — Bom, se a senhora fizer como eu lhe disse, isso nem entrará em cogitação. Quero saber tudo a respeito da sua finada sobrinha. Quem eram os amigos dela. Quanto dinheiro tinha. Tudo que ela disse que possa parecer despropositado. Vamos começar pelos amigos. Quem eram?

Mrs. Church olhou de soslaio, com um quê de malícia.

— O senhor se refere a cavalheiros?

— Ela tinha amigas?

— Bom, não… não que se saiba, senhor. Claro que tem as moças com que ela trabalhava nas casas, mas Amy não passava muito tempo com elas. É que…

— Ela dava preferência ao outro sexo. Prossiga. Conte--me mais.

— Era com o Jim Harvey, o da oficina, que ela vinha saindo, senhor. E era um rapaz de confiança. "Você não tinha como escolher melhor", eu disse para ela, várias vezes...

Luke intrometeu-se:

— E os outros?

Ele voltou ao olhar malicioso:

— Imagino que o senhor esteja pensando no cavalheiro que tem a loja de raridades, não é? Pois eu lhe digo na lata, senhor, que disso eu não gostava! Sempre fui de respeito e não tolero que me enrolem! Mas do jeito que as moças são hoje em dia nem adianta falar. Elas seguem o próprio taco. E aí se arrependem.

— Amy teve tempo de se arrepender? — perguntou Luke, áspero.

— Não, senhor. Isso eu *não* acho.

— Ela foi se consultar com Dr. Thomas no dia da morte. Não foi esse o motivo?

— Não, senhor, tenho quase certeza que não foi. Ah! Isso eu posso jurar! Amy vinha se sentindo fraca, debilitada, mas foi só tosse e resfriado. Não era nada que o senhor esteja sugerindo. Tenho certeza que não.

— Eu acredito em você. Em que ponto havia ficado a situação entre ela e Ellsworthy?

Mrs. Church o olhou de soslaio.

— Eu não teria como dizer, senhor. Amy não era de me contar as coisas.

Luke falou, ainda seco:

— Mas eles haviam avançado muito?

Mrs. Church falou com voz suave:

— Esse cavalheiro não tem boa reputação na cidade, senhor. Tem muita coisa ali. Os amigos que vêm visitar, muitas situações suspeitas. No Prado das Bruxas, no meio da noite.

— Amy participava?

— Eu acho que ela foi uma vez, senhor. Passou a noite fora, aí o lorde descobriu, foi quando ela estava trabalhando na Mansão, e falou com ela muito ríspido. Aí ela foi atrevida também e ele a demitiu. O que era de se esperar.

— Ela chegou a falar com a senhora do que se passava nos lugares em que ela trabalhou?

Mrs. Church fez que não.

— Não muito, senhor. Era mais interessada na própria vida.

— Ela passou um tempo com o Major e Mrs. Horton, não passou?

— Quase um ano, senhor.

— Por que ela saiu?

— Apenas para avançar. Tinha uma vaga na Mansão e pagava melhor, claro.

Luke assentiu.

— Ela estava com os Horton na época da morte de Mrs. Horton? — perguntou ele.

— Sim, senhor. Ela reclamava muito... com duas enfermeiras em casa, o trabalho a mais que as enfermeiras exigem, e as bandejas e tanta coisa.

— Em nenhum momento ela trabalhou com Mr. Abbot, o advogado?

— Não, senhor. Mr. Abbot tem um serviçal e a esposa em casa. Amy foi tratar com ele no escritório uma vez, mas não sei por quê.

Luke reservou aquele pequeno fato como algo que podia ser relevante. Já que Mrs. Church, contudo, claramente não sabia mais nada a respeito, ele não insistiu no assunto.

— Algum outro cavalheiro na cidade que era amigo dela?

— Nenhum que me dignaria a comentar.

— Ora, Mrs. Church. Lembre-se de que eu quero a verdade.

— Não era um cavalheiro, senhor, longe disso. Ela estava se rebaixando. Era isso que era e foi o que eu disse.

— Se importa de falar com mais clareza, Mrs. Church?

— O senhor já ouviu do Seven Stars, senhor? *Não é* um local de boa reputação e o proprietário, Harry Carter, era um sujeito de classe inferior e passava a maior parte do tempo marejado.

— Amy era amiga dele?

— Ela saiu a caminhar com ele uma ou duas vezes. Não creio que houvesse algo mais. Não creio mesmo, senhor.

Luke assentiu, pensativo, e mudou de assunto.

— A senhora conhecia o garoto, Tommy Pierce?

— O quê? O filho de Mrs. Pierce? Claro que sim. Sempre às traquinagens.

— Ele falava muito com Amy?

— Não, senhor, não. Amy o despachava com um peteleco na orelha se ele tentasse algo com ela.

— Ela estava feliz trabalhando com Miss Waynflete?

— Ela achava um pouco tedioso, senhor, e o pagamento não era grande. Mas é claro que depois de ser demitida como foi na Mansão Ashe, não foi fácil conseguir uma vaga melhor.

— Creio que ela poderia ter ido embora, não?

— Para Londres, o senhor diz?

— Ou outra parte do país?

Mrs. Church fez que não. Ela falou devagar:

— Amy não queria sair de Wychwood. Não do jeito como andavam as coisas.

— Como assim, *como andavam as coisas?*

— Oras, tendo Jim e o cavalheiro da loja de antiguidades.

Luke assentiu, pensativo. Mrs. Church prosseguiu:

— Miss Waynflete é uma dama muito agradável, mas muito exigente com os bronzes e com as pratas da casa. Tudo tem que ser espanado e os colchões têm que ser virados. Amy não teria aceitado aquela metida se não estivesse aproveitando de outro jeito.

— Eu imagino — disse Luke, seco.

Ele repassou tudo na mente. Não via mais perguntas. Estava certo de que havia extraído o que Mrs. Church sabia. Tentou mais uma investida.

— Arrisco-me a dizer que a senhora supõe os motivos para tantas perguntas. As circunstâncias da morte de Amy foram misteriosas. Não estamos de todo satisfeitos quanto a ter sido um acidente. Se não for, a senhora entende o que pode ter sido.

Mrs. Church falou com certo deleite macabro:

— Crime!

— Sim, decerto. Agora, supondo que a morte de sua sobrinha *esteja* relacionada a algo impróprio, quem a senhora diria que é responsável pela morte?

Mrs. Church limpou as mãos no avental.

— Provavelmente haveria uma recompensa por levar a polícia à pista certa? —indagou ela, em tom expressivo.

— Pode haver — disse Luke.

— Eu não gostaria de dizer nada em definitivo. — Mrs. Church passou uma língua voraz pelos lábios finos. — Mas o cavalheiro na loja de antiguidades é suspeito. O senhor há de lembrar do caso Castor... e que encontraram pedaços da pobre garota pregados por todo o bangalô de Castor na beira-mar, e que encontraram outras cinco ou seis coitadinhas que ele havia tratado do mesmo jeito. Será que Mr. Ellsworthy não é da mesma laia?

— É o que a senhora sugere, é?

— Bom, é possível, senhor, não é?

Luke admitiu que sim. Depois falou:

— Ellsworthy estava fora da cidade na tarde do derby? Esta informação é muito importante.

Mrs. Church ficou encarando-a.

— Derby?

— Sim... há quinze dias, na quarta-feira passada.

Ela fez que não.

— Ora, isso eu não teria como dizer. Ele costumava viajar nas quartas-feiras. Ia à cidade, geralmente. Na quarta-feira, as lojas fecham mais cedo, o senhor sabe.

— Ah, sim — disse Luke. — O horário reduzido.

Ele deixou a casa de Mrs. Church, desconsiderando as insinuações que a senhora fez de que o tempo dela era valioso e que, portanto, teria direito a compensação monetária. Ele sentiu desgosto profundo por aquela mulher. Mesmo assim, a conversa que havia tido com ela, embora não fosse notavelmente esclarecedora em nenhum aspecto, havia providenciado vários pontos sugestivos.

Ele repassou tudo meticulosamente.

Sim, tudo se resumia a estas quatro pessoas: Thomas, Abbot, Horton e Ellsworthy. A postura de Miss Waynflete, a seu ver, era a prova.

A inquietação e relutância dela em dar um nome. É claro que isso significava, *devia* significar, que a pessoa em questão era alguém de boa reputação em Wychwood, alguém que uma mera insinuação poderia prejudicar. Também fechava com a determinação de Miss Pinkerton de levar sua suspeita à Scotland Yard. A polícia local ia considerar sua teoria ridícula.

Não era uma questão do açougueiro, padeiro, leiteiro etc. Não era um caso de meros mecânicos. A pessoa em pauta era aquela contra quem uma acusação de homicídio seria fantástica e, no mais, séria.

Havia quatro candidatos possíveis. Cabia a ele repassar cuidadosamente mais uma vez o caso contra cada um e se decidir.

Primeiro, para explorar a relutância de Miss Waynflete. Ela era uma pessoa conscienciosa e escrupulosa. Acreditava que conhecia o homem de quem Miss Pinkerton havia suspeitado, mas era, ela ressaltou, apenas uma *crença* da sua parte. Era possível que ela estivesse enganada.

Quem era a pessoa que Miss Waynflete tinha em mente?

Miss Waynflete estava angustiada que uma acusação da sua parte pudesse prejudicar um inocente. Assim, o objeto das desconfianças dela *podia* ser um homem de alta reputação, no geral estimado e respeitado pela comunidade.

Portanto, Luke concluiu, Ellsworthy ficava automaticamente excluído. Ele era praticamente um estranho em Wychwood; sua reputação na cidade era ruim, não boa. Se Ellsworthy fosse a pessoa na mente de Miss Waynflete, Luke pensou, ela não teria objeção alguma a mencioná-lo. Portanto, até onde dizia respeito a Miss Waynflete, Ellsworthy podia ser descartado.

Quanto aos outros: Luke acreditava que também podia eliminar Major Horton. Miss Waynflete refutara com certa veemência a sugestão de que Horton podia ter envenenado a esposa. Se ela suspeitasse de crimes posteriores dele, dificilmente seria tão decidida a respeito de sua inocência na morte de Mrs. Horton.

Sobravam Dr. Thomas e Mr. Abbot. Os dois cumpriam os requisitos. Eram homens de alto status profissional contra os quais não havia se levantado qualquer acusação escandalosa. Eram, em termos gerais, ambos populares e benquistos, e conhecidos como homens de integridade e retidão.

Luke passou a outro aspecto da questão. Será que ele poderia eliminar Ellsworthy e Horton? Imediatamente fez que não. Não era tão simples. Miss Pinkerton *sabia*, sabia de verdade, quem era o homem. Isso se provou com a morte do Dr. Humbleby. Mas Miss Pinkerton nunca chegou a dar um *nome* a Honoria Waynflete. Assim, embora Miss Waynflete *achasse* que sabia, ela podia estar errada. Muitas vezes *sabemos* o que os outros estão pensando. Só que às vezes descobrimos que não sabíamos... e aí cometemos um erro grave!

Assim, os quatro candidatos ainda estavam em jogo. Miss Pinkerton estava morta e não poderia dar maior assistência. Cabia a Luke fazer o que havia feito antes, no dia após chegar a Wychwood: pesar as evidências e considerar as possibilidades.

Começou por Ellsworthy. À primeira vista, Ellsworthy era o partido mais provável. Era anômalo e talvez tivesse personalidade perversa. Ele seria facilmente um "assassino passional".

— Pensemos do seguinte modo — Luke disse a si mesmo. — Levantar as suspeitas de um de cada vez. Ellsworthy, para começar. Digamos que ele é o assassino! Por um momento, vamos tomar por definitivo que eu sei que é. Agora vamos ver as vítimas possíveis em ordem cronológica. Primeiro, Mrs. Horton. É difícil ver que motivação Ellsworthy podia ter para se livrar de Mrs. Horton. Mas havia *meios*. Horton falou de uma beberagem que ela conseguiu com ele e tomou. Alguns venenos, como arsênico, podem ser administrados assim. A pergunta é: por quê?

"Agora, os demais. Amy Gibbs. Por que Ellsworthy mataria Amy Gibbs? O motivo óbvio: ela era um incômodo! Ameaçou tomar uma atitude por ele não ter feito um combinado, quem sabe? Ou ela havia assistido a uma orgia da madrugada e ameaçado abrir o bico? Lorde Whitfield tinha boa dose de influência em Wychwood e, segundo Bridget, é um homem muito moralista. Ele podia ter levantado a questão contra Ellsworthy se este estivesse envolvido em algo particularmente obsceno. Portanto: Amy sai de cena. Não é, creio, um homicídio sádico. O método empregado vai contra isso.

"Quem é o próximo? Carter? Por que Carter? É improvável que *ele* soubesse das orgias das madrugadas (ou Amy teria lhe contado?). Será que a filha bonita estava envolvida? Ellsworthy começou uma relação romântica com ela? (Tenho que conferir Lucy Carter.) Talvez ele tenha se passado com Ellsworthy, e Ellsworthy, a seu modo felino, ofendeu-se. Se ele já havia cometido um ou dois assassinatos, já estaria calejado para considerar um assassinato por motivo muito insignificante.

"Depois, Tommy Pierce. Por que Ellsworthy matou Tommy Pierce? É fácil. Tommy havia auxiliado em um dos rituais da madrugada. Tommy ameaçou abrir o bico. Talvez Tommy *já estivesse* falando sobre o ritual. Ele precisava fechar a boca de Tommy.

"Dr. Humbleby. Por que Ellsworthy mataria Dr. Humbleby? Este é o mais fácil! Humbleby era médico e havia notado que o equilíbrio mental de Ellsworthy não era dos melhores. Provavelmente estava prestes a tomar alguma atitude. Então Humbleby se condenou. Há um empecilho no método: como Ellsworthy conseguiu que Humbleby morresse de septicemia? O dedo infectado teria sido uma coincidência?

"Para encerrar, Miss Pinkerton. O horário reduzido na quarta-feira. Ellsworthy podia ter ido à cidade naquele dia. Será que ele tem carro? Nunca o vi dirigindo, mas isso não quer dizer nada. Ele sabia que ela suspeitava dele e ele não ia esperar para saber se a Scotland Yard acreditaria na história ou não. Talvez já soubessem algo a respeito do homem.

"É o que temos contra Ellsworthy! E que temos *a favor*? Bom, para começar, é certo que ele não é o homem de quem Miss Waynflete *achava* que Miss Pinkerton estivesse falando. De outro ponto de vista, ele não se encaixa com a vaga impressão com que eu fiquei. Quando Miss Pinkerton falava, eu tinha a imagem de um homem... e não era em nada um homem como Ellsworthy. A impressão que ela me passou foi de um homem muito normal — em aparência, no caso —, o tipo de homem de quem ninguém suspeitaria. Ellsworthy é o tipo de homem de quem se *suspeitaria*. Não, minha impressão foi mais de um homem como... Dr. Thomas.

"Thomas, então. E quanto a Thomas? Eu o apaguei totalmente da lista depois de batermos um papo. Um sujeito agradável e modesto. Mas tudo que se tem em torno desse assassino — a não ser que eu tenha entendido tudo errado — é que ele seria um sujeito agradável e modesto. A última pessoa que se imagina que fosse um assassino! E é exatamente isso que se pensa de Thomas.

"Agora, então, vamos repassar tudo de novo. Por que Dr. Thomas matou Amy Gibbs? Ora, é muito improvável que tenha sido ele! Mas ela *teve* uma consulta com o doutor naquele dia, e foi *ele* que deu aquele frasco de xarope. Suponhamos que fosse mesmo ácido oxálico. Seria muito simples e inteligente! Quem será que foi chamado quando se descobriu que ela havia se envenenado? Humbleby ou Thomas? Se foi Thomas, ele podia aparecer com um frasco velho de tinta de pintar chapéu no bolso, soltar na mesinha sem chamar atenção — e descaradamente levar os dois frascos para análise! Algo assim. Seria possível para quem tivesse um raciocínio frio!

"Tommy Pierce? Mais uma vez não consigo ver um motivo provável. Esta é a dificuldade com Dr. Thomas — *motivos.* Não há nem um motivo, diabos! E a mesma coisa com Carter. Por que Dr. Thomas ia querer se livrar de Carter? Pode-se apenas supor que Amy, Tommy e o taverneiro sabiam algo de Dr. Thomas e saber daquilo não fazia bem à saúde. Ah! E se supusermos que este saber fosse quanto *à morte de Mrs. Horton*? Dr. Thomas cuidava dela, e ela faleceu de um relapso deveras inesperado. Ele podia ter lidado com isso de modo muito fácil. E Amy Gibbs, lembremos, trabalhava na casa na época. Ela pode ter visto ou ouvido alguma coisa. Já daria conta *dela.* Tommy Pierce, sabemos de fonte segura, era um garoto intrometidíssimo. Ele *pode* ter ficado sabendo de algo. Não consigo encaixar Carter. Amy Gibbs teria lhe contado algo? Ele pode ter repetido depois de virar alguns copos e então Thomas pode ter decidido que precisava silenciá-lo. Tudo isso, claro, é pura conjectura. Mas o que mais vai se fazer?

"E agora, Humbleby. Ah! Enfim chegamos a um homicídio perfeitamente plausível. Motivo adequado e meios ideais! Se havia alguém que podia infeccionar o sócio, era justamente o Dr. Thomas! Ele poderia até reinfeccionar toda vez que a ferida era tratada! Quem dera os primeiros homicídios fossem tão plausíveis quanto esse.

"Miss Pinkerton? Ela é mais difícil, mas há um fato definido. Dr. Thomas não estava em Wychwood pelo menos durante boa parte do dia. Ele diz que estava participando de um parto. Pode ser. Mas resta o fato de que ele estava fora de Wychwood *e de carro.*

"Algo mais? Sim, só mais uma coisa. O olhar que ele me deu quando saí de casa no outro dia. Superior, condescendente, o sorriso de um homem que tinha certeza de que havia conseguido ludibriar o outro.

Luke deu um suspiro, balançou a cabeça e prosseguiu com seu raciocínio.

— Abbot? Ele também se encaixa. Ordinário, bem de vida, respeitado, o último de quem se suspeitaria etc, etc. Também é soberbo e confiante. Como tendem a ser os assassinos! Eles têm presunção de sobra! Sempre acham que vão se safar. Amy Gibbs lhe fez uma visita, uma vez. Por quê? O que ela queria tratar com ele? Orientação jurídica? Por quê? Ou seria uma questão particular? Há aquela menção à "carta de uma dama" que Tommy viu. Seria a carta de Amy Gibbs? Ou seria uma carta escrita por Mrs. Horton — uma carta que, quem sabe, Amy Gibbs houvesse obtido? Que outra dama escreveria para Mr. Abbot sobre questão tão privada que ele perde o controle quando o office boy a vê sem querer? O que mais podemos pensar sobre Amy Gibbs? A tinta de pintar chapéu? Sim, um toque à moda antiga. Homens como Abbot costumam ser bem atrasados no que se refere às mulheres. O estilo europeu do galanteador! Tommy Pierce? É óbvio — em função da carta (ora, mas devia ser uma carta muito condenatória!). Carter? Bom, havia a questão com a filha de Carter. Abbot não ia fazer escândalo. Um mentecapto brutal e despudorado como Carter ousaria ameaçá-lo? Ele, que tinha se safado com duas mortes engenhosas! Chega de Mr. Carter! Noite escura e um empurrão bem dado. Ora, matar é mesmo muito fácil.

"Será que eu captei a mentalidade de Abbot? Creio que sim. Aquele olhar detestável da velhinha. Ela está pensando nele... Depois, a altercação com Humbleby. O velho Humbleby ousa se colocar contra Abbot, o advogado e esperto assassino. Velho tolo... ele mal sabe o que o aguarda! *Ele* vai ver! Ousa me intimidar!

"E então... o quê? Ele se vira e percebe os olhos de Lavinia Pinkerton. E os olhos dele titubearam... mostraram os escrúpulos da culpa. Ele, que estava gabando-se de não ser suspeito, acabou despertando suspeitas. Miss Pinkerton sabe do segredo dele, ela sabe o que ele fez. Sim, mas ela não tem *provas*. Mas e se ela sair à cata... Imagine que ela fale por aí, imagine. Ele é um finíssimo juiz de caráter. Ele supõe a atitude que ela vai tomar. Se ela for com essa história à Scotland Yard, *talvez* acreditem nela. *Talvez* abram um inquérito. Algo tem que ser feito, e rápido. Abbot tem carro ou alugou em Londres? De qualquer modo, ele não estava aqui no dia do derby...

Luke fez outra pausa. Ele estava tão imerso no espírito da coisa que achou difícil fazer a transição de um suspeito a outro. Ele tinha que esperar um minuto até se obrigar ao humor onde pudesse visualizar Major Horton como assassino exitoso.

— Horton assassinou a esposa. Comecemos por aí! Ele tinha sido provocado e ganhou consideravelmente com a morte dela. Para executar com sucesso, ele tinha de fazer uma boa demonstração de devoção. Tinha que manter as aparências. Às vezes, digamos, ele exagera?

"Muito bem, um assassinato executado com sucesso. Quem é a próxima? Amy Gibbs. Sim, perfeitamente crível. Amy estava na casa. Ela pode ter visto alguma coisa — o major administrando uma tigela de caldo de carne ou de mingau? Ela pode ter levado algum tempo para entender o que viu. O esquema da tinta de pintar chapéu é o tipo de coisa que ocorreria ao major naturalmente — um homem tão masculino e com pouco conhecimento das quinquilharias femininas.

"Amy Gibbs entra na conta.

"E Carter, o beberrão? A mesma coisa de antes. Amy teria lhe contado alguma coisa. Outro homicídio sem rodeios.

"E agora, Tommy Pierce. Temos que recuar à sua natureza inquisitiva. A carta no gabinete de Abbot não podia ter sido uma reclamação de Mrs. Horton, de que o marido estava tentando envenená-la? É uma sugestão insana, mas *possível.* De qualquer modo, o major aviva-se para o fato de que Tommy é uma ameaça, então Tommy junta-se a Amy e Carter. Tudo muito simples, direto e conforme a cartilha. É fácil matar? Meu Deus, e como.

"Mas agora chegamos a algo um pouco mais complicado. Humbleby! Motivo? Muito obscuro. Humbleby originalmente estava ajudando Mrs. Horton. Ele ficou perplexo com a doença, e Horton influenciou sua esposa a trocá-lo pelo médico mais jovem, menos suspeito? Mas, se for, *o que fez Humbleby virar um risco tanto tempo depois*? Essa parte é difícil... Assim como o jeito como ele morreu. Um dedo infeccionado. Não bate com o major.

"Miss Pinkerton? Perfeitamente possível. Ele tem um carro. Eu vi. E ele estava longe de Wychwood naquele dia, supostamente tinha ido para o derby. Pode ser... sim. *Seria* Horton um assassino de sangue frio? Será? Será? Eu queria saber...

Luke ficou olhando à sua frente. Seu cenho estava franzido enquanto ele raciocinava.

— É um deles... não *creio* que seja Ellsworthy... mas pode ser! Ele é o mais óbvio! Thomas é absurdamente improvável — não fosse a *maneira* como Humbleby morreu. A septicemia decerto sugere um assassino *médico*! *Podia* ser Abbot, não há tantas evidências contra ele quanto se tem contra os outros. Mas eu *consigo* vê-lo na função... Ele se encaixa e os outros não. E *podia* ser Horton! Acossado pela esposa durante anos, sentindo sua insignificância. Sim, pode ser! Mas Miss Waynflete não crê que seja, e ela não é boba... e conhece o vilarejo e a gente daqui...

"De *qual* destes ela suspeita? Abbot ou Thomas? Deve ser um desses dois... Se eu a abordasse diretamente: "Qual deles?" Aí eu conseguiria tirar essa resposta dela, quem sabe.

“Mas mesmo assim ela pode estar errada. Não há como provar que *ela* estava certa. Miss Pinkerton provou a si mesma. Mais evidências... é isso que eu quero. Se houvesse mais um caso... só mais um... aí eu saberia...”

Ele deteve-se, sobressaltado.

— Meu Deus — ele disse, com a voz baixa. — Estou pedindo que aconteça *outro assassinato*...

Capítulo 15

A conduta indevida do chofer

No bar do Seven Stars, Luke estava tomando seu *pint* e sentindo-se um tanto acanhado. Meia dúzia de olhos bucólicos acompanhavam cada movimento seu, e a conversa morreu assim que ele entrou. Luke arriscou alguns comentários de interesse geral sobre a lavoura, a meteorologia, as apostas para o campeonato, mas não obteve reação com nenhum.

Ficou reduzido aos galanteios. Ele julgou devidamente que a menina bem apessoada atrás do balcão, de cabelos morenos e bochechas rosadas, era Miss Lucy Carter.

Suas investidas foram recebidas com jovialidade. Miss Carter deu suas risadinhas e disse: “Ora, você! É claro que você não acha! Eu não vou falar!” e outras réplicas desse estilo. Mas a performance era claramente mecânica.

Luke, ao não ver vantagem em permanecer, terminou sua cerveja e foi embora. Ele caminhou pela trilha por onde o rio era coberto por uma ponte de pedestres. Estava parado olhando quando uma voz trêmula atrás dele disse:

— É isso mesmo, senhor. Foi aí que o velho Harry passou.

Luke virou-se para ver um de seus recém colegas de copo, que havia sido particularmente indiferente aos tópicos lavoura, meteorologia e apostas. Agora ele ia claramente divertir-se como guia do macabro.

— Caiu direto aí, na lama — disse o operário idoso. — Foi de cara na lama e aí enfiou a cabeça toda.

— Estranho ele ter caído daqui — disse Luke.

— Tava bêbado, o homem — disse o camponês, satisfeito consigo.

— Sim, mas deve ter passado bêbado por aqui várias vezes.

— Quase toda noite — disse o outro. — Sempre mamado, esse Harry.

— Alguém pode ter empurrado — disse Luke, fazendo a sugestão de maneira casual.

— Pode ser — concordou o camponês. — Mas não sei quem que ia fazer uma coisa dessas — complementou.

— Ele podia ter inimizades. Ficava muito agressivo quando bebia, não ficava?

— O jeito como ele falava era um doce! Não tinha papas na língua, esse Harry, ah, não tinha não. Mas nada que ia fazer alguém empurrar um bêbado da ponte.

Luke não se opôs à afirmação. Evidentemente se entendia que era uma injustiça desmedida tirar vantagem de um homem neste estado de embriaguez. O camponês pareceu chocado com a ideia.

— Bom — disse ele, um tanto vago —, foi uma coisa triste.

— Nem tanto para a patroa — disse o idoso. — Imagino que ela e a Lucy não têm motivo para ficar tristes.

— Pode ter outras pessoas que ficaram contentes por ele sair de cena.

O velho não foi muito conclusivo quanto àquela parte.

— Pode ser — ele disse. — Mas ele não fazia mal, não, o Harry não fazia.

Com este epitáfio do finado Mr. Carter, eles se separaram.

Luke voltou sua caminhada na direção da antiga Mansão. A biblioteca funcionava em duas salas da frente. Luke passou aos fundos por uma porta com a identificação de Museu. Então foi de mostruário em mostruário, analisando as exposições nada inspiradoras. Cerâmica romana, algumas moedas. Curiosidades dos mares do Sul, um cocar malaio. Diversos deuses indianos ("cortesia de Major Horton"), junto a um Buda grande e de aspecto malévolo, e um mostruário de continhas egípcias de aparência duvidosa.

Luke voltou ao saguão de entrada. Não havia ninguém. Subiu a escada lentamente. Havia uma sala com revistas e jornais, além de outra cheia de livros de não ficção.

Ele subiu um andar. Ali se viam salas cheias do que ele tinha para si como lixo. Pássaros empalhados que haviam sido tirados do museu porque as traças tinham atacado, pilhas de revistas rasgadas e uma sala cujas prateleiras estavam cobertas com obras de ficção e livros infantis datados.

Luke aproximou-se da janela. Ali devia ser onde Tommy Pierce se sentava, possivelmente assobiando e vez por outra passando o pano com vigor em uma vidraça, quando ouviu alguém chegando.

Alguém havia chegado. Tommy queria demonstrar seu empenho — sentado com meio corpo para fora da janela, esfregando com gosto. E então essa pessoa veio a ele e, enquanto falava, deu um empurrão forte e repentino.

Luke se virou. Ele desceu as escadas e parou alguns instantes no saguão. Ninguém havia notado ele entrar. Ninguém havia visto ele subir a escada.

— *Qualquer um* podia ter empurrado! — disse Luke. — A coisa mais fácil do mundo.

Ele ouviu passos vindo na direção da biblioteca. Como era inocente e não tinha objeções a ser visto, podia ficar onde estava. Se não quisesse ser visto, seria fácil voltar e entrar pela porta da sala do museu!

Miss Waynflete saiu da biblioteca com uma pequena pilha de livros debaixo do braço. Estava vestindo as luvas. Parecia muito contente e atarefada. Quando o viu, seu rosto se iluminou e ela exclamou:

— Ah, Mr. Fitzwilliam, o senhor veio conhecer o museu? Infelizmente não temos muita coisa. Lorde Whitfield tem falado em conseguir umas exibições interessantes.

— É mesmo?

— Sim, alguma coisa moderna, sabe, de hoje. Como fazem no Museu de Ciências em Londres. Ele sugeriu uma aeronave em escala, ou uma locomotiva, quem sabe algo de química.

— Talvez desse uma animada no local.

— Pois é, não penso que um museu devia tratar apenas do passado, não é?

— Não, você tem razão.

— Depois teremos exposições de alimentos também. Calorias, vitaminas... essas coisas. Lorde Whitfield investiu muito na Campanha pela Boa Forma.

— Era o que dizia na noite passada.

— É a coisa do *momento*, não é? Lorde Whitfield estava me contando de quando foi ao Instituto Wellerman, e viu tantos micróbios, culturas, bactérias... eu cheguei a tremer. E ele me contou tudo sobre mosquitos, sobre a doença do sono, e alguma coisa com um parasita no fígado que foi um tanto quanto demais para minha pessoa.

— Provavelmente foi difícil para Lorde Whitfield também — disse Luke, animado. — Aposto que ele entendeu tudo errado! A senhorita tem a mente muito mais desanuviada do que ele, Miss Waynflete.

Miss Waynflete falou em tom calmo:

— Muito gentil da sua parte, Mr. Fitzwilliam, mas creio que as mulheres nunca sejam filósofas tão profundas quanto os homens.

Luke reprimiu uma vontade de criticar negativamente os processos de raciocínio de Lorde Whitfield. Em vez disso, falou:

— Eu conferi o museu, mas depois subi para olhar as janelas de cima.

— Está falando de onde Tommy... — Miss Waynflete teve um calafrio. — Foi horrível.

— Sim, não é uma boa lembrança. Passei quase uma hora com Mrs. Church, a tia de Amy... que mulher difícil!

— Com certeza.

— Tive que entrar na linha dura com ela — disse Luke. — Creio que ela imagine que eu seja tipo um superpolicial.

Ele parou ao perceber uma mudança de expressão repentina no rosto de Miss Waynflete.

— Ah, Mr. Fitzwilliam, o senhor acha que isso foi prudente?

Luke disse:

— Eu não sei. Acho que foi inevitável. A história do livro já estava gasta... não tenho como ir mais longe com isso. Eu tinha que fazer o tipo de pergunta que fosse direto ao ponto.

Miss Waynflete fez que não com a cabeça, a expressão perturbada fixa no rosto.

— Num lugar como esse, veja... tudo circula muito rápido.

— Está querendo dizer que todos vão falar "lá vai o detetive" quando eu passar na rua? Não creio que isso tenha importância no momento. Aliás, talvez eu chegue mais longe desse modo.

— Eu não estava pensando nesse sentido. — Miss Waynflete soou um tanto sem fôlego. — O que eu quis dizer foi que... que *ele* vai saber. *Ele* vai perceber que o senhor está no seu encalço.

Luke falou sem pressa:

— Imagino que sim.

Miss Waynflete disse:

— Mas o senhor não vê que... isso é muito perigoso. *Muitíssimo!*

— A senhorita quer dizer... — Luke finalmente entendeu o sentido — quer dizer que o assassino vai se arriscar a *me* atacar?

— Sim.

— Curioso — comentou Luke. — Nunca pensei nisso! Mas creio que a senhorita esteja certa. Bom, talvez seja o melhor que pode acontecer.

Miss Waynflete falou em tom sério:

— Creio que o senhor não percebe que ele... que ele é muito inteligente. E cauteloso! E lembre que ele tem grande experiência, talvez mais do que *nós* pensemos.

— Sim — ponderou Luke, pensativo. — Provavelmente é verdade.

Miss Waynflete exclamou:

— Eu não acho nada bom! É sério, eu fico *aterrorizada*!

Luke falou com toda a delicadeza:

— A senhorita não precisa se preocupar. Garanto que ficarei bem atento. Veja que eu reduzi bastante as possibilidades. Já tenho uma ideia de quem seria o assassino...

Ela o olhou com intensidade.

Luke deu um passo para a frente. Ele baixou a voz até virar um sussurro:

— Miss Waynflete, caso eu lhe perguntasse *qual* dos *dois* homens a senhorita consideraria o mais provável, entre Dr. Thomas ou Mr. Abbot, *o que a senhorita diria?*

— Ah... — disse Miss Waynflete. A mão dela foi direto ao peito. Ela deu um passo para trás. Seus olhos fitaram os de Luke com uma expressão que o deixava confuso. Eles mostravam impaciência e algo próximo da impaciência, mas que ele não sabia situar.

Ela disse:

— Não posso dizer nada...

Ela virou-se abruptamente, emitindo um som curioso: meio suspiro, meio soluço.

Luke retirou-se.

— A senhorita vai para casa? — ele perguntou.

— Não, eu ia levar estes livros a Mrs. Humbleby. É no seu caminho para a Mansão. Talvez possamos ir juntos.

— Seria excelente — disse Luke.

Eles saíram pela frente, viraram à esquerda e costearam o parque do vilarejo.

Luke olhou para trás, viu os traços opulentos da casa que haviam deixado.

— Deve ser sido uma bela casa nos tempos do seu pai — falou ele.

Miss Waynflete deu um suspiro.

— Sim, lá nós éramos muito felizes. Fico muito grata por não ter sido derrubada. Tem tantas casas velhas que são.

— Eu sei. É triste.

— E as novas eles não constroem tão bem.

— Duvido que elas resistam à prova do tempo.

— Mas é claro — ofereceu Miss Waynflete —, as novas *são* convenientes. Poupam tanto trabalho, e não têm tantos corredores grandes e ventilados para ficar passando pano.

Luke aquiesceu.

Quando chegaram ao portão da casa do Dr. Humbleby, Miss Waynflete hesitou e disse:

— Que linda noite. Se não se importa, acho que vou acompanhá-lo um pouco mais. Estou gostando do clima.

Um tanto surpreso, Luke expressou seu agrado com educação. Estava longe de ser o que ele descreveria como uma linda noite. Ventava muito, e as folhas das árvores vergavam em fúria. Ele imaginou que uma tempestade podia chegar a qualquer minuto.

Miss Waynflete, contudo, agarrando seu chapéu com uma mão, caminhava a seu lado com toda a aparência de proveito, falando aos pequenos suspiros enquanto andava.

Eles estavam andando por uma pista um tanto vazia, já que o caminho mais curto da casa de Dr. Humbleby até a Mansão Ashe não era pela rua principal, mas por uma lateral que levava a um dos portões de fundos da Mansão. Este portão não era do mesmo ferro trabalhado, mas tinha dois belos pilares encimado por dois imensos abacaxis cor-de-rosa. Por que abacaxis? Isso, Luke fora incapaz de descobrir. Mas ele pensou que os abacaxis de Lorde Whitfield destilavam distinção e bom gosto.

Ao aproximarem-se do portão, o som das vozes altas de raiva chegou a eles. Um instante depois, eles chegaram à vista de Lorde Whitfield confrontando um jovem com trajes de chofer.

— Está demitido — berrava Lorde Whitfield. — Está me ouvindo? Demitido.

— Se o senhor pudesse deixar essa passar... só dessa vez.

— Não, eu não vou deixar passar! Pegou o meu carro. O *meu* carro! E ainda estava bebendo! Estava, sim, não venha me negar! Já deixei claro que há três coisas que não aceito na minha propriedade: pessoas ébrias, pessoas imorais e pessoas impertinentes.

Embora o homem não estivesse alcoolizado, ele havia bebido o bastante para ficar de língua frouxa. Sua postura era outra.

— O senhor não aceita assim e o senhor não aceita assado! A *sua* propriedade? Acha que a gente não sabe que o seu velho tinha uma sapataria aqui na cidade? A gente se acaba de rir vendo você se pavoneando por aí como o tal da praça! Quem é você? Isso que eu quero saber! Você não é melhor do que eu! Isso é que é.

Lorde Whitfield ficou roxo.

— Como se atreve a falar assim comigo? Como se atreve?

O jovem deu um passo à frente, em tom de ameaça.

— Se não fosse um leitão pançudo e desgraçado, eu te dava um murro nessa cara. Ah, dava.

Lorde Whitfield apressadamente deu um passo para trás, tropeçou numa raiz e caiu sentado.

Luke chegou.

— Saia daqui — ordenou ao chofer, engrossando a voz.

O rapaz recobrou a lucidez. Parecia assustado.

— Sinto muito, senhor. Não sei o que me deu, não sei.

— Eu diria que foram uns copos a mais — disse Luke.

Ele ajudou Lorde Whitfield a ficar de pé.

— Eu... eu peço desculpas, milorde — gaguejou o homem.

— Você vai se arrepender, Rivers — ameaçou Lorde Whitfield.

Sua voz tremeu com a intensidade do que sentia.

O homem hesitou um minuto, mas aos poucos foi embora, cambaleante.

Lorde Whitfield explodiu:

— Que impertinência colossal! Comigo! Falando *comigo* daquele jeito. Algo de muito sério vai acontecer com esse homem! Ele não tem respeito! Ele não tem noção da posição que ocupa. Quando eu penso em tudo que faço por essa gente: bom salário, todo conforto, uma pensão quando se aposentar. Essa ingratidão... a vil ingratidão...

Ele se engasgou de emoção, depois percebeu que Miss Waynflete estava parada ao lado, em silêncio.

— É você, Honoria? Que desgraça que você tenha testemunhado uma cena tão ignominiosa. O linguajar daquele homem...

— Sinto dizer que ele estava fora de si, Lorde Whitfield — disse Miss Waynflete, com toda sua afetação.

— Ele estava é bêbado! Isso mesmo: bêbado!

— Um pouco alterado — disse Luke.

— Sabe o que ele fez? — Lorde Whitfield olhou de um para outro da dupla. — Pegou meu carro! *Meu* carro! Achou que eu não ia voltar cedo. Bridget me levou a Lyne no nosso carro menor. E este camarada teve a impertinência de levar uma moça... Lucy Carter, creio eu... para passear no *meu* carro!

Miss Waynflete falou com educação:

— Deveras inadequado.

Lorde Whitfield sentiu-se compreendido.

— Não foi?

— Mas tenho certeza de que ele vai se arrepender.

— Tratarei de que se arrependa!

— Você o dispensou — sublinhou Miss Waynflete.

Lorde Whitfield ficou sacudindo a cabeça.

— Esse camarada não vai acabar bem.

Ele aprumou-se e disse:

— Venha, Honoria. Entre e tome um copo de xerez.

— Obrigada, Lorde Whitfield, mas preciso levar estes livros a Mr. Humbleby. Boa noite, Mr. Fitzwilliam. O senhor ficará *muito* bem agora.

Ela lhe deu um aceno com um sorriso e saiu andando com pressa. Lembrava tanto a impassibilidade de uma enfermeira fazendo um parto durante uma festa que Luke perdeu o fôlego quando uma ideia lhe ocorreu. Seria possível que Miss Waynflete o houvesse acompanhado apenas para protegê-lo? A ideia soava absurda, mas...

A voz de Lorde Whitfield interrompeu suas meditações.

— Uma mulher muito apta, Honoria Waynflete.

— Muito, também penso assim.

Lorde Whitfield começou a caminhar na direção da casa. Ele mexia-se com dificuldade e sua mão passou às nádegas para uma massagem.

De repente ele riu.

— Eu já estive comprometido com Honoria... anos atrás. Era uma moça muito bonita... Não é magérrima como hoje. Parece engraçado pensar nisso agora. A família dela era a nobreza daqui.

— É mesmo?

Lorde Whitfield ficou ponderando:

— O velho Coronel Waynflete mandava no lugar. Quando se via o homem, tinha que tirar o chapéu e curvar-se com vontade. Era da velha guarda, e tinha uma autoestima de Lúcifer.

Ele riu de novo.

— A porca torceu o rabo quando Honoria anunciou que ia casar comigo! Se dizia uma radical, a moça. Defendia que se abolisse qualquer distinção de classe. Era muito séria.

— Então a família encerrou o romance?

Lorde Whitfield coçou o nariz.

— Bom, não exatamente. Na verdade, tivemos uma briguinha por causa de outra coisa. Ela tinha um passarinho dos diabos, desses canários grosseiros que não param de cantar... Eu sempre odiei. Aí num dia ruim... seu pescocinho foi torcido. Bom, não vale a pena ficar nesse assunto. Vamos esquecer.

Ele sacudiu os ombros como um homem que dispensa uma memória desagradável.

Então disse, um tanto aos trancos:

— Creio que ela nunca me perdoou. Bom, talvez seja o esperado...

— Acho que ela o perdoou, sim — disse Luke.

Lorde Whitfield se avivou.

— Acha mesmo? Fico feliz. Pois eu respeito Honoria. Uma mulher muito capaz *e* uma dama! Hoje em dia isso ainda conta. Ela cuida muito bem da biblioteca.

Ele ergueu o olhar e a voz dele mudou.

— Opa — disse ele. — Lá vem a Bridget.

Capítulo 16

O abacaxi

Luke sentiu os músculos se retesarem conforme Bridget se aproximava.

Ele não havia trocado uma palavra com ela desde o dia da partida de tênis. Por consenso mútuo, um vinha evitando o outro. Naquele momento, ele arriscou um olhar.

Bridget parecia calma, fria e indiferente, o que só o provocava. Ela falou alegremente:

— Estava começando a me perguntar o que havia com você, Gordon.

Lorde Whitfield resmungou:

— Tive uma refrega! Rivers teve a impertinência de sair com o Rolls hoje à tarde.

— Lesa-majestade — disse Bridget.

— Não há por que tratar como piada, Bridget. O assunto é sério. Ele saiu com uma moça.

— Creio que não teria prazer algum em passear sozinho!

Lorde Whitfield aproximou-se.

— Na minha propriedade, quero a devida conduta moral.

— Não é imoral levar uma moça para passear de carro.

— É, se for no *meu* carro.

— Ah, sim, isso é pior que a imoralidade! Praticamente vira blasfêmia. Não tem como você extirpar o sexo, Gordon. A lua está cheia e hoje é o solstício.

— É mesmo? — disse Luke. — Minha nossa.

Bridget lhe dirigiu o olhar.

— E isso lhe interessa?

— Muito.

Bridget voltou-se de novo a Lorde Whitfield.

— Três pessoas peculiares apareceram no Bells and Motley. Espécime um: homem de bermudas, óculos e uma bela camisa de seda cor de ameixa! Espécime dois: uma mulher sem sobrancelhas, vestindo uma túnica, meio quilo de colares egípcios falsos e sandálias. Espécime três: um gordo de terno lavanda e sapatos combinando. Suspeito que sejam amigos de nosso Mr. Ellsworthy! Diz o colunista de fofocas: "Passarinho me contou que hoje haverá uma festa muito fresca no Prado das Bruxas."

Lorde Whitfield ficou roxo e disse:

— Eu não aceito!

— Não há como evitar, querido. O Prado das Bruxas é propriedade pública.

— Não vou aceitar asneira pagã nesta cidade! Vou expor tudo na *Escândalos!*

Ele fez uma pausa, depois disse:

— Lembre-me de fazer uma nota a respeito e mandar Siddely cobrir. Tenho que ir à cidade amanhã.

— Lorde Whitfield e sua campanha contra a bruxaria — disse Bridget, em tom petulante. — Superstições medievais ainda abundam em tranquilo vilarejo do interior.

Lorde Whitfield ficou olhando para ela com expressão confusa, depois virou-se e entrou na casa.

Luke falou, cortês:

— Você tem que se esforçar mais, Bridget!

— Como assim?

— Imagine se você perdesse o emprego agora! Os cem mil ainda não são seus. Tampouco os diamantes e as pérolas. Se fosse você, eu esperava para mostrar meus dons de sarcasmo depois que o casamento estiver celebrado.

Os olhos dela encararam os dele, a sangue-frio.

— Você é tão atencioso, meu caro Luke. Que gentileza da sua parte tratar o meu futuro com tanta consideração.

— Bondade e consideração sempre foram meus pontos fortes.

— Eu não havia notado.

— Não? Pois me surpreende.

Bridget torceu e arrancou a folha de uma trepadeira. Ela disse:

— O que você anda fazendo?

— As sondagens investigativas de sempre.

— Algum resultado?

— Sim e não, como dizem os políticos. A propósito, vocês têm ferramentas na casa?

— Creio que sim. De que tipo?

— Ah, qualquer uma que estiver à mão. Talvez eu saia para investigar mais.

Dez minutos depois, Luke havia feito a seleta em um armário.

— Estas aqui já ajudam bastante — disse ele, batendo no bolso onde guardou todos os apetrechos.

— Está pensando em fazer um e outro arrombamento?

— Talvez.

— Você é muito pouco comunicativo quanto ao assunto.

— Bom, afinal, a situação está fragilizada de dificuldades. Eu estou numa situação dos diabos. Depois do nosso bate-boca do sábado, imagino que eu tenha que dar o pé daqui.

— Se quer se comportar como um cavalheiro, devia.

— Mas já que estou convencido de estar na cola de um maníaco homicida, sou mais ou menos obrigado a permanecer. Se você pensar em alguma razão convincente para eu sair daqui e fixar aposentos no Bells and Motley, que desembuche de imediato.

Bridget fez que não.

— Não acho factível. Você é meu primo, afinal. Além do mais, a estalagem lotou com os amigos de Mr. Ellsworthy. Eles têm apenas três quartos de hóspedes.

— Então sou obrigado a ficar aqui, por mais doloroso que lhe deva ser.

Bridget deu um sorriso doce.

— De modo algum. Sempre posso pendurar um escalpo a mais.

— Este comentário — disse Luke, com toda consideração — foi especialmente infame. O que eu admiro, Bridget, é que você praticamente não tem nenhum pendor pela bondade. Ora, ora. Pois o amante dispensado agora vai trocar-se para o jantar.

A noite passou sossegada. Luke havia ganhado a aprovação de Lorde Whitfield com ainda mais intensidade que antes graças ao interesse absorto com que ouviu o discurso noturno do outro.

Quando entraram na sala de visitas, Bridget disse:

— Passaram bastante tempo juntos.

Luke respondeu:

— Lorde Whitfield foi tão interessante que o tempo passou como um raio. Estava me contando de quando fundou o primeiro jornal.

Mrs. Anstruther disse:

— Pois eu acho que estas árvores frutíferas em potes que estão aparecendo são uma maravilha. Tinha que testá-las no terraço, Gordon.

A conversa então seguiu no ritmo normal.

Luke retirou-se cedo para o quarto.

Não foi para a cama, contudo. Tinha outros planos.

O relógio soava doze badaladas quando ele desceu a escada usando os tênis de jogo, sem fazer barulho, passou pela biblioteca e saiu por uma janela.

O vento ainda soprava rajadas violentas, entrecortadas por breves calmarias. Nuvens corriam pelo céu, ofuscando a lua de modo que as trevas se alternavam com o luar forte.

Luke tomou a rota tortuosa até o estabelecimento de Mr. Ellsworthy. Viu caminho aberto para fazer algumas investigações. Tinha plena certeza de que Ellsworthy e amigos haviam saído juntos nesta data em específico. A noite do solstício, pensou Luke, com certeza seria marcada com alguma cerimônia. Enquanto isso estava acontecendo, seria boa oportunidade para fazer uma busca na casa de Mr. Ellsworthy.

Ele escalou dois muros, chegou aos fundos da propriedade, pegou as ferramentas do bolso e escolheu uma adequada. Encontrou uma janela da área de serviço propícia a seus esforços. Alguns minutos depois, ele havia empurrado a lingueta, levantado o caixilho e saltado para dentro.

Ele tinha uma lanterna no bolso. Usou-a com moderação: só um lampejo para lhe mostrar o caminho e evitar que esbarrasse em alguma coisa.

Em um quarto de hora, ele concluiu satisfatoriamente que a casa estava vazia. O dono havia saído e estava cuidando de sua vida.

Luke sorriu de satisfação e dedicou-se a sua tarefa.

Fez uma busca minuciosa e meticulosa em cada cantinho que se via. Em uma gaveta trancada, debaixo de dois ou três desenhos em aquarela, deparou-se com investidas artísticas que o fizeram erguer as sobrancelhas e assobiar. A correspondência de Mr. Ellsworthy não foi esclarecedora, mas alguns de seus livros — aqueles enfiados nos fundos de um guarda-louças — mereciam atenção.

Além destes, Luke acumulou três itens informativos vagos, mas sugestivos. O primeiro foi um rabisco a lápis numa caderneta. "*Acertar com Tommy Pierce*" — sendo a data alguns dias antes da morte do garoto. O segundo era um desenho a cera de Amy Gibbs com uma cruz vermelha furiosa em cima do rosto. O terceiro era um frasco de xarope de tosse. Nada disso era conclusivo, mas, pensados juntos, eles podiam ser tratados como um incentivo.

Luke estava voltando as coisas à ordem, colocando cada uma no seu lugar, quando de repente se retesou e apagou a lanterna.

Ele havia ouvido a chave inserida na fechadura de uma porta lateral.

Passou pela porta da sala em que estava e colocou um olho na fresta. Torceu para que Ellsworthy, se é que era ele, fosse direto para o andar de cima.

A porta lateral abriu-se e Ellsworthy entrou, acendendo a luz do corredor ao passar.

Enquanto passava ao corredor, Luke viu seu rosto e prendeu a respiração.

Estava irreconhecível. Havia espuma nos seus lábios e os olhos estavam iluminados com um júbilo louco enquanto ele cabriolava pelo corredor, saltitando.

Mas o que fez Luke prender a respiração foi ver as mãos de Ellsworthy. Elas estavam manchadas com um vermelho amarronzado... cor de sangue seco...

Ele desapareceu escada acima. Um instante depois, a luz do corredor estava apagada.

Luke esperou um pouco mais e depois, cautelosamente, saiu pelo corredor, chegou até a copa e saiu pela janela. Olhou para a casa, mas estava escura e silenciosa.

Ele respirou fundo.

— Meu Deus — disse ele —, o camarada é mesmo louco! No que será que se meteu? Posso jurar que ele tinha sangue nas mãos!

Ele fez um desvio pelo vilarejo e voltou à Mansão Ashe por uma rota indireta. Foi quando estava dobrando numa pista lateral que um farfalhar repentino fez ele dar um giro.

— Quem está aí?

Uma figura alta envolta em um manto escuro saiu da sombra de uma árvore. Era tão fantasmagórica que Luke sentiu o coração parar por um segundo. Então ele reconheceu o rosto comprido e branco sob o capuz.

— Bridget? Que susto!

Ríspida, ela disse:

— Onde você estava? Eu vi você sair.

— E me seguiu?

— Não. Você foi muito longe. Fiquei esperando você voltar.

— Que coisa tola de se fazer — resmungou Luke.

Ela repetiu a pergunta com impaciência.

— Aonde você estava?

Luke falou com vivacidade:

— Fui assaltar nosso Mr. Ellsworthy!

Bridget perdeu o fôlego.

— E encontrou... alguma coisa?

— Não sei. Sei um pouco mais sobre o sujo... seus gostos em termos de pornografia e essas coisas, mais itens que podem sugerir algo.

Ela ouviu atentamente enquanto ele contava os resultados de sua busca.

— São evidências muito parcas, porém — concluiu ele. — Mas, Bridget, quando eu estava saindo, Ellsworthy voltou. E vou lhe dizer: o homem é lelé da cuca!

— Você acha mesmo?

— Eu vi o rosto dele e era uma coisa... indizível! Sabe lá Deus no que ele anda metido! Estava delirando de tão louco. E com as mãos sujas. Eu juro que eram de *sangue*!

Bridget estremeceu.

— Que horror... — murmurou ela.

Luke falou, em tom irritadiço:

— Não devia ter vindo sozinha, Bridget. Foi uma loucura total. Alguém podia bater na sua cabeça.

Ela riu de tremer.

— Vale o mesmo para você, meu caro.

— Eu sei me cuidar.

— Eu também sou ótima em cuidar de mim. Casca-grossa, eu diria para me chamar.

Surgiu uma rajada de vento. Luke falou de repente:

— Tire esse capuz.

— Por quê?

Com um movimento inesperado, ele pegou o capuz dela e arrancou. O vento pegou o cabelo e soprou para o alto da cabeça. Ela ficou olhando-o, com a respiração acelerada.

Luke disse:

— Você fica mesmo incompleta sem uma vassoura, Bridget. Foi assim que eu te vi pela primeira vez.

Ele ficou olhando mais um instante e disse:

— Que diabinha cruel.

Com um suspiro agudo e impaciente, ele jogou o capuz de volta.

— Pronto. Pode vestir. Vamos para casa.

— Espere...

— Por quê?

Ela veio até ele. Ela falava com um tom baixo e esbaforido.

— Porque eu tenho algo a lhe dizer. É o motivo em parte para eu ter esperado-o aqui, fora da Mansão. Queria lhe dizer agora, antes de entrarmos na propriedade de Gordon...

— Então?

Ela deu uma risada rápida, mas gelada.

— Ah, é tão simples. *Você venceu,* Luke. Só isso!

Ele disse, ríspido:

— Como assim?

— Assim que decidi desistir da ideia de ser Lady Whitfield.

Ele deu um passo para se aproximar.

— É verdade? — ele quis saber.

— Sim, Luke.

— Vai casar-se comigo?

— Sim.

— Por que, se me permite a pergunta?

— Não sei. Você me diz coisas tão descaradas, e acho que eu gosto...

Ele a pegou pelos braços e lhe deu um beijo. Ele disse:

— O mundo é insano!

— Está contente, Luke?

— Não exatamente.

— Acha que vai ser feliz comigo?

— Não sei. Mas arrisco.

— Sim... é o que eu penso...

Ele passou o braço pelo dela.

— Somos muito esquisitos em tudo, meu caro. Venha. Talvez sejamos mais normais pela manhã.

— Sim, é assustador como as coisas tendem a acontecer... — Ela olhou para baixo e o puxou até parar. — Luke... Luke... *o que é aquele...*

A lua havia saído de trás das nuvens. Luke olhou para baixo, onde o sapato de Bridget tremulava sobre uma massa amassada.

Com uma exclamação de susto, ele soltou o braço dela e ajoelhou-se. Olhou do monte disforme para o pilar acima. O abacaxi havia sumido.

Ele levantou-se, por fim. Bridget estava de pé, as mãos cobrindo a boca.

Ele disse:

— É o chofer, Rivers. Está morto.

— Essa monstruosidade de pedra... está solta há tempos... estourou nele, eu imagino?

Luke fez que não.

— O vento não faria uma coisa dessas. Ah! Era o que *devia* parecer, outro acidente! Mas é falso. *Foi o assassino de novo...*

— Não... não, Luke...

— Pois eu lhe digo que é. Sabe o que eu senti na nuca do coitado? Junto com a viscosidade, a sujeira, havia... *grãos de areia.* Aqui não se encontra areia. Eu vou lhe dizer, Bridget: alguém ficou aqui à espera do sujeito e lhe deu um camaçada quando chegou no portão de sua choupana. Então o deitou aqui e rolou aquela coisa de abacaxi até cair nele.

Bridget falou fraca:

— Luke, tem sangue nas suas mãos...

Luke falou em tom severo:

— Havia sangue na mão de outro. Sabe o que eu estava pensando hoje à tarde? Que se acontecesse mais um crime, nós teríamos certeza. E agora *vimos*! *Ellsworthy!* Ele havia saído hoje e entrou com sangue nas mãos, saltitante, pavoneando--se e louco; bêbado com a exultação do maníaco homicida...

Olhando para baixo, Bridget estremeceu e falou em voz baixa:

— Pobre Rivers...

Luke falou com pena:

— Sim, pobre camarada. Um azar danado. Mas este será o último, Bridget! Agora que *sabemos*, nós vamos pegá-lo!

Ele viu balançar e, com dois passos à frente, a segurou nos braços.

Ela falou com uma voz baixinha e infantil:

— Luke, estou com medo...

Ele disse:

— Acabou, querida. Acabou...

Ela murmurou:

— Seja bom comigo, por favor. Já fui muito magoada.

Ele respondeu:

— Um magoou o outro. Não faremos mais nada assim.

Capítulo 17

Lorde Whitfield se pronuncia

Dr. Thomas olhou para Luke do outro lado da mesa do seu consultório.

— Impressionante — disse ele. — Impressionante! O senhor está falando *sério,* Mr. Fitzwilliam?

— É claro. Estou convencido de que Ellsworthy é um maníaco periculoso.

— Nunca prestei muita atenção ao sujeito. Devo dizer, porém, que ele provavelmente é anômalo.

— Eu iria bem mais longe — disse Luke, inflexível.

— O senhor acredita mesmo que este tal de Rivers foi assassinado?

— Acredito. Percebeu os grãos de areia na ferida?

Dr. Thomas fez que sim.

— Foi o que procurei depois do que o senhor disse. Fico propenso a dizer que o senhor está correto.

— Então fica claro, não é mesmo, que o acidente foi armado e que o homem foi morto com um golpe de um saco de areia... ou desmaiado desse modo.

— Não necessariamente.

— Como assim?

Dr. Thomas recostou-se e uniu os dedos.

— Suponha que este sujeito, Rivers, tivesse deitado em uma caixa de areia durante o dia... Temos várias pela região. Já responderia pelos grãos de areia no cabelo.

— Mas, homem, estou dizendo que ele foi assassinado!

— O senhor pode dizer — disse Dr. Thomas, seco —, mas não fazer com que seja verdade.

Luke controlou sua indignação.

— Creio que não acredita em nenhuma palavra do que eu falo.

Dr. Thomas sorriu, um sorriso gentil e superior.

— O senhor há de admitir, Mr. Fitzwilliam, que é uma história louca. O senhor afirma que esse Ellsworthy matou uma criada, um garoto, um taberneiro beberrão, meu sócio e, por fim, este tal de Rivers.

— E o senhor não acredita?

Dr. Thomas deu de ombros.

— Tenho algum conhecimento do caso de Humbleby. Me parece fora de cogitação que Ellsworthy possa ter provocado a morte dele e não vejo o senhor com prova alguma de que foi de fato.

— Não sei como ele conseguiu — confessou Luke —, mas se encaixa na história de Miss Pinkerton.

— Mais uma vez, o senhor afirma que Ellsworthy a seguiu até Londres e a atropelou. Mais uma vez, o senhor não tem nem uma réstia de prova do que aconteceu! O senhor está, bem... o senhor está romanceando!

Luke reagiu com rispidez:

— Agora que eu sei onde estou, é minha função conseguir provas. Vou a Londres amanhã ver um velho amigo. Vi há dois dias no jornal que ele foi nomeado Comissário Assistente da Polícia. Ele me conhece e vai ouvir o que eu tenho a dizer. Uma coisa de que eu tenho certeza é que ele vai pedir uma investigação completa dessa situação.

Dr. Thomas coçou o queixo, pensativo.

— Bom, não tenho dúvida de que será satisfatório. Caso aconteça de o senhor estar enganado...

Luke o interrompeu.

— O senhor não acredita mesmo em uma palavra do que eu disse?

— Em homicídios indiscriminados? — Dr. Thomas ergueu as sobrancelhas. — Sinceramente, Mr. Fitzwilliam, não. É fantasioso demais.

— Fantasioso, talvez. Mas se sustenta. O senhor tem que admitir que se encaixa. Assim que aceitar que a história de Miss Pinkerton é verdadeira.

Dr. Thomas fazia não com a cabeça. Um leve sorriso chegou a seus lábios.

— Se o senhor conhecesse essas matronas como eu conheço... — murmurou ele.

Luke levantou-se, tentando controlar a irritação.

— O senhor tem mesmo um nome muito apropriado — disse ele. — Nunca vi alguém mais parecido com São Tomé.

Thomas respondeu de bom grado:

— Quero provas, meu caro. É apenas o que peço. Não apenas uma lenga-lenga dramática com base no que uma senhora acha que viu.

— O que essas coroas acham que viram muitas vezes está certo. Minha Tia Mildred era fabulosa! O senhor tem tias, Thomas?

— Bom, hã... não.

— Um erro! — disse Luke. — Todo homem devia ter tias. Elas ilustram o triunfo da conjectura sobre a lógica. É reservado às tias *saber* que Mr. A é um patife porque ele lembra o mordomo desonesto que elas tinham. Outros diriam do alto de sua sensatez que um homem de respeito como Mr. A não seria desvirtuado. As senhoras estão sempre certas.

Dr. Thomas sorriu de novo com seu sorriso de superioridade.

Luke disse, com a indignação somando-se mais uma vez:

— O senhor não percebeu que eu sou policial? Não sou um amador de primeira viagem.

Dr. Thomas sorriu e falou baixinho:

— No Estreito de Mayang!

— Crimes são crimes, mesmo no Estreito de Mayang.

— É claro... é claro...

Luke saiu do consultório de Dr. Thomas em estado de irritação reprimida.

Encontrou Bridget, que disse:

— Então, como foi entre vocês dois?

— Ele não acreditou em mim — disse Luke. — E, se parar para pensar, não é uma surpresa. É uma história maluca sem prova alguma. Dr. Thomas *não* é o tipo de homem que acredita em seis coisas impossíveis antes do café da manhã!

— E alguém vai acreditar em você?

— Provavelmente não, mas, amanhã, quando eu chegar no meu velho Billy Osso, as engrenagens vão girar. Eles vão dar uma conferida no seu amigo cabeludo, Ellsworthy, e no fim vão chegar a alguma conclusão.

Bridget, atenciosa, falou:

— Nós estamos ficando muito expostos, não estamos?

— É necessário. Não podemos, simplesmente não podemos permitir mais assassinatos.

Bridget se arrepiou.

— Pelo amor de Deus, se cuide, Luke.

— Estou me cuidando. Não ando perto de portões com abacaxis, evito florestas solitárias ao cair da noite, cuido o que eu como e o que eu bebo. Eu sei das coisas.

— Que coisa horrível, se sentir um homem marcado.

— Desde que você não seja uma mulher marcada, minha cara.

— Talvez eu seja.

— Creio que não. Mas não quero correr riscos. Estou de olho em você como um bom e velho anjo da guarda.

— Vale a pena falar com a polícia local?

Luke ficou pensando.

— Não, creio que não... é melhor ir direto à Scotland Yard.

Bridget murmurou:

— Era o que Miss Pinkerton pensava.

— Sim, mas *eu* vou ficar atento.

Bridget disse:

— Eu sei o que vou fazer amanhã. Preciso levar Gordon até a loja do bruto e fazer ele comprar alguma coisa.

— Assim garantindo que nosso Mr. Ellsworthy não esteja me esperando para uma emboscada nos degraus de Whitehall?

— Essa é a ideia.

Luke falou um pouco acanhado:

— Quanto a Whitfield...

Bridget respondeu sem perder tempo:

— Vamos deixar como está até você voltar amanhã. Então vamos botar tudo em pratos limpos.

— Você acha que ele vai ficar muito fulo?

— Bom... — Bridget pensou na pergunta. — Ele vai se aborrecer.

— Aborrecer? Pelos deuses! Isso não é dizer o mínimo?

— Não. Porque Gordon não *gosta* de aborrecimentos! Ele fica desarranjado!

Luke falou, sério:

— Eu me sinto desconfortável.

A sensação estava em primeiro plano na sua mente naquela noite, enquanto ele se preparava para escutar pela vigésima vez Lorde Whitfield discorrendo sobre o tema Lorde Whitfield. Ele admitiria que era golpe baixo ficar na casa de um homem e roubar sua noiva. Ele ainda sentia, contudo, que um paspalho pançudo, pomposo e pavoneante como Lorde Whitfield nem devia aspirar a alguém como Bridget!

Mas sua consciência, até o momento, o punia, de modo que ele ouviu com dose extra de atenção, fervoroso, e assim ficou com uma impressão profundamente favorável de seu anfitrião.

Lorde Whitfield estava de bom humor naquela noite. A morte de seu ex-chofer o havia deixado mais radiante do que deprimido.

— Falei que aquele garoto não ia se dar bem — erguendo uma taça de vinho contra a luz e semicerrando os olhos. — Não foi o que eu lhe disse ontem?

— Sim, foi o que o senhor disse.

— E veja como eu estava certo! É incrível como eu estou sempre certo!

— Deve ser magnífico ser assim — disse Luke.

— Tive uma vida fabulosa. Sim, uma vida fabulosa! Meu caminho foi aplainado para mim. Sempre tive grande confiança na Providência Divina. Esse é o segredo, Fitzwilliam. Esse é o segredo.

— Ah, é?

— Eu sou um homem da fé. Acredito no bem e no mal e na justiça eterna. A justiça divina *existe,* Fitzwilliam. Não tenha dúvida.

— Também acredito na justiça — afirmou Luke.

Lorde Whitfield, como sempre, não estava interessado naquilo em que os outros acreditavam ou deixavam de acreditar.

— Faça o que é certo para o seu Criador, e seu Criador lhe fará o que é certo! Sempre fui um homem honrado. Eu doei à beneficência e ganhei meu dinheiro de forma honesta. Não me pauto por homem algum! Eu sou apenas eu. Lembre-se da Bíblia, de como os patriarcas foram prósperos, que somaram manadas e rebanhos, e os inimigos foram destroçados!

Luke escondeu um bocejo e disse:

— Deveras, deveras…

— É impressionante. Impressionante — disse Lorde Whitfield — como os inimigos de um homem que tem dignidade acabam derrubados! Veja só ontem. Aquele camarada me insultou. Chegou a levantar a mão contra mim. E o que aconteceu? Onde ele está hoje?

Ele fez uma pausa retórica e respondeu a si mesmo com voz marcada:

— Morto! Abatido pela ira divina!

Abrindo um pouco os olhos, Luke perguntou:

— Um castigo um tanto excessivo, não acha? Por algumas palavras indevidas depois de um copinho a mais.

Lorde Whitfield fez que não.

— É sempre assim! A desforra acontece com velocidade e com terror. E temos a autoridade da história que nos diz. Lembra das crianças que zombaram de Eliseu? Os ursos vieram e as devoraram. A vida é assim, Fitzwilliam.

— Eu sempre achei que a vingança foi num nível desnecessário.

— Não, não. Você não está considerando como devia. Eliseu era um homem grandioso, um homem santo. Ninguém devia zombar dele e sair vivo! Eu sei por conta do meu caso!

Luke parecia confuso.

Lorde Whitfield baixou a voz.

— Mal pude acreditar de início. *Mas sempre foi assim!* Meus inimigos e detratores foram derrubados e exterminados.

— Exterminados?

Lorde Whitfield assentiu delicadamente e provou do seu vinho.

— Repetidamente. Um caso que lembra o de Eliseu... um garoto. Eu me deparei com ele nos jardins, aqui... Na época era meu empregado. Sabe o que ele estava fazendo? Estava me imitando! *Me* imitando! *Zombando* de mim! Pavoneando-se para uma plateia. Fazendo troça da minha pessoa! Na minha propriedade! *Sabe o que aconteceu com ele?* Menos de dez dias depois, ele caiu de uma janela e morreu!

"Depois, aquele desordeiro, Carter... um beberrão de língua ferina. Ele veio aqui e me ofendeu. O que lhe aconteceu? Uma semana depois, havia morrido. Afogou-se na lama. Também a criada. Ela ergueu a voz, falou impropérios contra mim. Seu castigo também não tardou. Bebeu veneno por engano! Eu poderia lhe contar muito mais. Humbleby ousou se opor a mim por conta do abastecimento de água. *Ele* morreu de septicemia. Ah, é assim há anos. Mrs. Horton, por exemplo, foi de uma grosseira indizível comigo e *ela* também não tardou a falecer.

Ele fez uma pausa e inclinou-se para alcançar o decantador a Luke.

— Isso mesmo — concluiu ele. — Todos mortos. Incrível, não acha?

Luke ficou encarando-o. Uma desconfiança monstruosa, inacreditável, saltou à sua mente! De olhar renovado, ele ficou encarando o homem baixinho e gordinho que estava na ponta da mesa, que delicadamente assentia com a cabeça e cujos olhos claros e protuberantes encontraram os de Luke com indiferença risonha.

Um acesso de memórias desconectadas correu pelo cérebro de Luke. Major Horton dizendo "Lorde Whitfield foi muito gentil. Enviou uvas e pêssegos da sua estufa". Foi Lorde Whitfield que teve a graciosidade de permitir que Tommy Pierce fosse trabalhar nas janelas da biblioteca. Lorde Whitfield que discorreu sobre a visita ao Instituto Wellerman Kreutz, com seus soros e culturas de micróbios, pouco antes da morte de Dr. Humbleby. Tudo apontava claramente numa só direção e ele, tolo que havia sido, nem desconfiara...

Lorde Whitfield continuava sorrindo. Um sorriso tranquilo, feliz. Ele meneava a cabeça de leve para Luke.

— *Todos morrem* — disse o lorde.

Capítulo 18

Uma reunião em Londres

Sir William Ossington, conhecido dos velhos tempos de colégio como Billy Osso, olhava para seu amigo com ar de incredulidade.

— Você não viu crimes o suficiente em Mayang? — perguntou ele em tom de queixa. — Teve que voltar para casa e ficar com o nosso serviço?

— A criminalidade em Mayang não era essa coisa em série — disse Luke. — O que estou enfrentando agora é um homem que tem meia dúzia de homicídios na conta, no mínimo… e se safou sem a mínima suspeita!

Sir William suspirou.

— Acontece. Qual é a especialidade dele? Esposas?

— Não, não é desse tipo. Ele ainda não se acha Deus, mas em breve vai se achar.

— Louco?

— Ah, eu não tenho dúvida.

— Será doença mental? É diferente de ser louco, sabia?

— Eu diria que ele tem ciência da natureza e consequência dos atos — explicou Luke.

— Exato — disse Billy Osso.

— Bom, não vamos tergiversar quanto aos detalhes jurídicos. Ainda não chegamos nessa fase. Talvez nunca cheguemos. O que eu quero, meu velho, são fatos. Houve um acidente de trânsito, que aconteceu no dia do derby, entre cinco e seis horas da tarde. O carro passou por cima da senhorinha em Whitehall e não parou. O nome dela era Lavinia Pinkerton. Quero que você desencave tudo que puder em torno desse atropelamento.

Sir William deu um suspiro.

— Consigo para você logo. Vinte minutos já resolvem.

Ele cumpriu a palavra. Em menos tempo do que o previsto, Luke estava conversando com o policial encarregado do assunto.

— Sim, senhor, eu lembro dos detalhes. Anotei a maior parte aqui. — Ele indicou a folha que Luke estava analisando. — Foi feito um inquérito... O legista foi Mr. Satcherverell. Culpa do motorista.

— E encontraram-no?

— Não, senhor.

— Qual era o modelo do carro?

— Parece que concluíram por um Rolls... Um carro grande, com chofer. Todas as testemunhas foram unânimes nesse sentido. A maioria conhece um Rolls de vista.

— E não conseguiram a placa?

— Não, infelizmente, ninguém que tenha conferido. Havia uma observação sobre a placa FZX 4498, mas estava errada. Foi uma mulher que viu e falou a outra mulher que me informou. Não sei se a segunda mulher entendeu errado, mas, de qualquer maneira, não ia dar em nada.

Luke perguntou, ríspido:

— Como você sabia que não ia dar em nada?

O jovem policial sorriu.

— FZX 4498 é a placa do carro de Lorde Whitfield. O carro estava parado na frente de Boomington House no horário em questão e o chofer estava tomando chá. Ele tinha um álibi perfeito. Não havia dúvida quanto ao envolvimento, e o carro só deixou o local às 18h30, quando o lorde saiu.

— Entendi — disse Luke.

— É sempre assim, senhor — suspirou o homem —, metade das testemunhas desaparece antes que um inspetor chegue para tomar nota.

Sir William assentiu.

— Supusemos que devia ser uma placa bem parecida com FZX 4498. Provavelmente um número que começava com dois quatros. Fizemos o possível, mas não encontramos nem rastro de um carro assim. Investigamos várias placas possíveis, mas todos tinham explicações satisfatórias quanto à localização naquele momento.

Sir William dirigiu um olhar questionador a Luke.

Luke fez não com a cabeça. Sir William disse:

— Obrigado, Osso. Já me ajuda.

Assim que o homem saiu, Billy Osso voltou-se para o amigo com olhar inquisitivo.

— O que é isso, Fitz?

Luke deu um suspiro.

— Tudo se encaixa. Lavinia Pinkerton estava vindo abrir a matraca. Contar aos sagazes da Scotland Yard tudo a respeito do perverso homicida. Não sei se vocês a ouviram, provavelmente não...

— É possível — disse Sir William. — Tem coisas que chegam a nós dessa maneira, de fato. É o disse me disse, as fofocas... mas eu lhe garanto que não nos abstemos de investigar.

— Era o que o assassino pensava. Ele não queria se arriscar. Eliminou Lavinia Pinkerton e, embora uma mulher tenha sido veloz de conferir a placa, ninguém acreditou nela.

Billy Osso aprumou-se na cadeira.

— Você não está achando que...

— Sim, estou. Aposto o que você quiser que foi Whitfield que a atropelou. Não sei como ele conseguiu. O chofer estava na hora do chá. De uma maneira ou de outra, acredito que ele deu uma escapada e vestiu o casaco e o quepe do chofer. *Mas foi ele,* Billy!

— Impossível!

— De modo algum. Lorde Whitfield cometeu pelo menos sete assassinatos, até onde sei, e provavelmente mais.

— Impossível — Sir William repetiu.

— Meu caro, ele praticamente se gabou disso comigo na noite passada.

— Então ele é louco?

— Sim, tudo bem, ele é louco, mas é ardiloso. Você terá que agir com cautela. Que ele não saiba que estamos desconfiados.

Billy Osso falou baixinho:

— Inacreditável...

Luke disse:

— Mas verdade!

Ele botou a mão no ombro do amigo.

— Veja bem, meu velho. Temos que ir a fundo. Os fatos são os seguintes.

Os dois tiveram uma conversa longa e séria.

No dia seguinte, Luke voltou a Wychwood. Ele partiu de Londres de manhã cedo. Podia ter voltado na noite anterior, mas estava com um desgosto abjeto por dormir sob o teto de Lorde Whitfield ou de aceitar hospitalidade sob tais circunstâncias.

Enquanto cruzava Wychwood, ele parou o carro na casa de Miss Waynflete. A criada que abriu a porta ficou olhando-o com espanto, mas o levou à pequena sala de jantar onde a senhora tomava o café da manhã.

Ela levantou-se para recebê-lo com certa surpresa.

Luke não perdeu tempo.

— Quero pedir desculpas por interrompê-la a esta hora.

Ele olhou ao redor. A criada havia saído da sala e fechou a porta.

— Vou lhe fazer uma pergunta, Miss Waynflete. É uma pergunta bastante pessoal, mas creio que vá me perdoar por inquirir.

— Por favor, pergunte o que quiser. Tenho certeza de que terá bom motivo.

— Obrigado.

Ele fez uma pausa.

— Quero saber exatamente por que deu fim a seu noivado com Lorde Whitfield, anos atrás.

Não era o que ela esperava. A cor tomou suas bochechas e uma mão foi ao peito.

— Ele lhe disse alguma coisa?

Luke respondeu:

— Ele me contou uma história com um passarinho... um passarinho que teve o pescoço torcido...

— Ele contou? — A voz dela era de surpresa. — Ele *admitiu*? Que extraordinário!

— Pode me contar, por favor?

— Sim, eu vou contar. Mas peço que o senhor nunca trate do assunto com ele... com Gordon. É coisa do passado. O que está feito está feito e está encerrado. Eu não quero que... que fiquem remexendo.

Ela lhe deu um olhar de súplica.

Luke assentiu.

— É apenas para minha satisfação — disse ele. — Não vou repetir o que a senhorita me disser.

— Obrigada. — Ela havia recobrado a compostura. Sua voz ficou firme conforme ela avançou. — Foi assim. Eu tinha um canarinho e era muito afeiçoada a ele. É uma coisa meio boba, quem sabe... coisa das meninas da época. Nós éramos, bom, muito recatadas quantos aos bichos de estimação. Devia ser irritante para um homem, agora eu sei.

— Sim — assentiu Luke assim que ela fez uma pausa.

— Gordon tinha ciúmes do passarinho. Um dia, quando estava de gênio irritadiço, ele me falou: "Acho que você gosta mais desse bicho do que de mim." E aí, daquele jeito bobo que as meninas falavam naqueles dias, eu ri, coloquei ele no meu dedo e falei uma coisa do tipo: "É claro que eu te amo, seu passarinhozinho, te amo mais que esse moleque bobo! Claro que sim!" E então... nossa, foi um susto. Gordon arrancou o passarinho de mim e *torceu-lhe o pescoço*. Foi um choque! Eu nunca vou me esquecer!

O rosto dela havia ficado pálido.

— E então foi a senhorita que encerrou o noivado? — perguntou Luke.

— Sim. Depois daquilo eu não sentia mais o que senti antes. Veja bem, Mr. Fitzwilliam… — Ela hesitou. — Não foi só a atitude… aquilo *pode* ter sido um acesso de ciúme, de mau humor. Mas fiquei com uma sensação tenebrosa *de que ele havia gostado. Foi isso* que me assustou!

— Há tanto tempo — murmurou Luke. — Já naquela época…

Ela deitou uma mão sobre o braço dele.

— Mr. Fitzwilliam…

Ele respondeu ao apelo e ao medo nos olhos dela com expressão firme e séria.

— Foi Lorde Whitfield que cometeu todos os assassinatos! — disse ele. — *A senhorita* sabia desde o início, não sabia?

Ela fez que não vigorosamente.

— *Saber* eu não *sabia*! Se eu *soubesse*, então… então é claro que eu teria falado. Não, era só um *temor*.

— E nunca me deu nenhuma indicação?

Ela uniu as mãos com angústia repentina.

— O que eu poderia fazer? O que eu poderia fazer? Eu já gostara dele…

— Sim — disse Luke, delicadamente. — Entendo.

Ela virou-se, remexeu na bolsa, e um pequeno lenço com rendas foi levado por um instante aos olhos. Então ela se virou de novo, de olhos secos, digna e recomposta.

— Fiquei tão contente — disse ela — que Bridget desfez o noivado. Ela vai se casar com o senhor, não vai?

— Vai.

— Será muito mais apropriado — disse Miss Waynflete, com grande afetação.

Luke foi incapaz de conter um pequeno sorriso.

Mas o rosto de Miss Waynflete ficou grave e ansioso. Ela debruçou-se e mais uma vez colocou uma mão no braço dele.

— Mas tenha muito cuidado — alertou ela. — Vocês dois têm que ter muito cuidado.

— A senhorita diz… quanto a Lorde Whitfield?

— Sim. Seria melhor não lhe contar.

Luke franziu o cenho.

— Creio que nenhum de nós gostaria dessa ideia.

— Ah! Que diferença faz? Parece que você não percebeu que ele é *louco*! *Louco*! Ele não vai aceitar. Nem por um segundo! Se acontecer alguma coisa com ela…

— Nada vai acontecer com ela!

— Sim, eu sei. Mas *perceba* que você não é páreo para Gordon! Ele é de uma astúcia temível! Tire-a daqui de uma vez. É a única esperança. Mande-a sair da cidade! Melhor ainda se os dois forem embora!

Luke falou sem pressa:

— Talvez seja bom ela ir embora. Eu vou ficar.

— Tinha medo de que o senhor dissesse isso. Mas, de qualquer modo, *tire-a daqui. Imediatamente,* veja bem!

Luke assentiu devagar.

— Eu acho — disse ele — que a senhorita está certa.

— Eu sei que estou! Tire ela daqui *antes que seja tarde demais.*

Capítulo 19

Fim de noivado

Bridget ouviu Luke chegando de carro. Ela foi à frente da casa para recebê-lo.

Ela falou sem rodeios:

— Contei para ele.

— O quê? — Luke foi surpreendido.

A consternação dele ficou tão evidente que Bridget percebeu.

— Luke, o que foi? Você parece chateado.

Ele falou devagar:

— Achei que tínhamos combinado de esperar até que eu voltasse.

— Eu sei, mas achei melhor encerrar o assunto de uma vez. Ele estava fazendo planos para o nosso casamento, para nossa lua de mel... para tudo! Eu *tinha* que contar!

Ela completou, com um toque de reprovação na voz:

— Era a única coisa digna de se fazer.

Ele reconheceu que era.

— Do seu ponto de vista, sim. Sim, agora eu entendo.

— De qualquer ponto de vista, penso eu.

Luke falou devagar:

— Há momentos em que não temos como nos ater à dignidade!

— Luke, *do que* você está falando?

Ele fez um meneio de impaciência.

— Não posso dizer aqui e agora. Como Whitfield reagiu?

Bridget respondeu devagar:

— Extraordinariamente bem. Extraordinariamente bem, de verdade. Eu fiquei envergonhada. Eu acredito, Luke, que subestimei Gordon... por ele ser tão convencido e vez por outra fútil. Eu até chego a acreditar que ele é, veja só... um grande homenzinho!

Luke assentiu.

— Sim, talvez ele seja um grande homem, de uma maneira que eu nunca suspeitei. Me ouça muito bem, Bridget: você tem que sair daqui o mais rápido possível.

— Naturalmente, vou arrumar minhas coisas e vou embora hoje. Você pode me levar na cidade. Creio que nós dois podemos ficar no Bells and Motley... se a patota de Ellsworthy já tiver partido, no caso.

Luke fez que não.

— Não, é melhor você voltar a Londres. Eu explico em seguida. Até lá, creio que seja melhor eu falar com Whitfield.

— Creio que deva... é uma coisa meio brutal, não é? Eu me sinto uma aproveitadora barata.

Luke sorriu para ela.

— Foi uma troca justa. Você teria sido justa com ele. De qualquer modo, não vale a pena ficar se lamentando com o que já é passado! Vou entrar e falar com Whitfield.

Ele encontrou Lorde Whitfield caminhando para lá e para cá na sala de visitas. Aparentava estar tranquilo, até com um leve sorriso nos lábios. Mas Luke notou que havia uma pulsação de fúria na sua têmpora.

O Lorde virou-se quando ele entrou.

— Ah. Aí está, Fitzwilliam.

Luke disse:

— Não adianta eu dizer que sinto muito pelo que fiz... seria hipocrisia da minha parte. Admito que, do seu ponto de vista, eu tive uma péssima conduta e tenho pouco a dizer em minha defesa. Essas coisas acontecem.

Lorde Whitfield retomou sua caminhada.

— Verdade... verdade! — Ele fez um aceno com a mão.

Luke prosseguiu:

— Bridget e eu o tratamos de forma vergonhosa. Mas é o que há! Temos sentimentos entre nós... e não há o que se fazer. Afora contar a verdade e ir embora.

Lorde Whitfield parou. Ele olhou para Luke com olhos pálidos e protuberantes.

— Não — disse ele —, não há nada que se possa fazer!

Havia um tom muito curioso na sua voz. Ele ficou olhando para Luke, delicadamente balançando a cabeça como se sentisse comiseração.

Luke falou com rispidez:

— O que o senhor quer dizer?

— Não há nada a se fazer! — disse Lorde Whitfield. — É tarde demais!

Luke deu um passo para se aproximar do outro.

— Diga-me sobre o que está falando.

Lorde Whitfield disse inesperadamente:

— Pergunte a Honoria Waynflete. *Ela* vai entender. *Ela* sabe o que se passa. Ela já falou disso comigo!

— Do que ela sabe?

Lorde Whitfield disse:

— *Que todo mal será castigado.* Que a justiça prevalece! Sinto muito, pois gosto de Bridget. De certo modo, sinto por vocês dois!

Luke disse:

— Está nos ameaçando?

O choque de Lorde Whitfield parecia genuíno.

— Não, meu caro, não. *Eu* não tenho culpa nisso! Quando honrei Bridget ao escolhê-la como esposa, ela aceitou certas responsabilidades. Agora, ela as repudia, *mas na vida não se volta atrás.* Se você descumpre as leis, tem que cumprir as penas...

Luke fechou as duas mãos. Disse:

— O senhor está dizendo que algo vai acontecer com Bridget? Pois me ouça muito bem, Whitfield: *nada vai acontecer com Bridget*. Nem comigo! Se você atentar algo assim, será seu fim. É bom que se cuide! Eu sei muita coisa a seu respeito!

— Não tem a ver comigo — explicou Lorde Whitfield. — Sou apenas instrumento de um Poder supremo. O que aquele Poder decreta acontece.

— Percebo que acredita no que diz — disse Luke.

— Porque é verdade! Quem se opõe a mim tem que pagar uma penalidade. Você e Bridget não serão exceção.

Luke disse:

— É aí que se engana. Por maior que seja sua sorte, ela tem fim. A sua está perto dele.

Lorde Whitfield falou calmamente:

— Meu caro jovem, você não sabe com quem está falando. *Nada* chega a *mim*!

— Nada? Veremos. É bom olhar por onde anda, Whitfield.

Uma pequena ondulação atravessou o outro. Quando ele voltou a falar, sua voz era outra.

— Fui muito paciente — retrucou Lorde Whitfield. — Não teste os limites da minha paciência. Saia daqui.

— Eu vou embora — disse Luke. — O mais rápido possível. Lembre-se do que eu lhe avisei.

Ele deu meia-volta e saiu depressa da sala. Correu para cima. Encontrou Bridget no quarto, supervisionando a criada que arrumava suas roupas.

— Quase pronta?

— Em dez minutos.

Os olhos dela faziam uma pergunta que não podia colocar em palavras devido à presença da criada.

Luke lhe fez um pequeno aceno.

Ele entrou no próprio quarto e jogou suas coisas na valise com pressa.

Voltou dez minutos depois e encontrou Bridget pronta para partida.

— Podemos ir?

— Estou pronto.

Enquanto desciam a escada, encontraram o mordomo subindo.

— Miss Waynflete está aqui para falar com a senhorita.

— Miss Waynflete? Onde ela está?

— Na sala de visitas, com Vossa Senhoria.

Bridget foi diretamente à sala de visitas, com Luke logo atrás.

Lorde Whitfield estava ao lado da janela, conversando com Miss Waynflete. Tinha um punhal na mão — um punhal fino e comprido.

— Acabamento perfeito — dizia ele. — Um dos meus jovens foi correspondente especial no Marrocos e me trouxe. É moura, claro, veio do Rife. — Ele passou um dedo pela faca, carinhosamente. — Veja esse fio!

Miss Waynflete falou com rispidez:

— Guarde isso, Gordon, pelo amor dos céus!

Ele sorriu ao soltar a faca entre uma coleção de outras armas na mesa.

— Eu gosto da sensação — ele disse, educadamente.

Miss Waynflete havia perdido parte da sua pose constante. Parecia pálida e nervosa.

— Ah, aí está você, minha cara Bridget — cumprimentou ela.

Lorde Whitfield riu.

— Sim, aí está Bridget. Aproveite-a ao máximo, Honoria. Ela não ficará aqui por muito tempo.

Miss Waynflete falou depressa:

— Do que você está falando?

— Do quê? Ora, estou falando que ela vai a Londres. É isso, não é? Isso que eu quis dizer.

Ele olhou para todos na sala.

— Tenho notícias a lhe dar, Honoria — disse ele. — Bridget não vai mais se casar comigo. Ela prefere o nosso Fitzwilliam. É esquisita essa vida. Bom, vou deixar vocês conversarem.

Ele saiu da sala, com as mãos batendo moedinhas no bolso.

— Ah, minha cara... — disse Miss Waynflete. — Minha cara...

A angústia profunda na voz dela era tão perceptível que Bridget pareceu levemente surpresa. Ela falou em tom constrangido:

— Sinto muito. Sinto muitíssimo.

Miss Waynflete disse:

— Ele está com raiva, está enraivecido... ah, minha cara, que horror. O que vamos fazer?

Bridget ficou encarando-a.

— Fazer? Como assim?

Incluindo ambos em seu olhar de reprovação, Miss Waynflete disse:

— Vocês não deviam ter contado!

Bridget disse:

— Ora, que absurdo. O que mais faríamos?

— Não deviam ter contado *agora*. Deviam ter esperado até estar longe daqui.

Bridget falou logo em seguida:

— É uma questão de opinião. Eu sou da opinião que é melhor livrar-se do que é desagradável o mais rápido possível.

— Ah, minha cara, se fosse apenas isso...

Ela se deteve. Então seus olhos fizeram uma pergunta a Luke.

Luke fez que não. Seus lábios formaram as palavras "ainda não".

Miss Waynflete murmurou: "Entendi".

Bridget falou com leve irritação:

— Queria falar comigo por algum motivo em específico, Miss Waynflete?

— Bom, sim. O caso é que vim sugerir que você devia me fazer uma rápida visita. Pensei, hã... que você ficaria desconfortável aqui e que gostaria de tirar alguns dias para, hã... para amadurecer seus planos.

— Obrigada, Miss Waynflete, muito gentil da sua parte.

— Creio que ficaria segura comigo e...

Bridget a interrompeu:

— *Segura?*

Miss Waynflete, um tanto corada, falou com pressa:

— Confortável, foi isso que eu quis dizer. Mais *à vontade* na minha casa. É claro que não se tem o *luxo* daqui, naturalmente, mas a água quente *é* quente e minha empregadinha Emily cozinha bem.

— Ah, estou certa de que seria adorável, Miss Waynflete — respondeu Bridget como uma máquina.

— Mas é claro que, se você vai para a cidade, é *muito* melhor...

Bridget falou devagar:

— É um pouco esquisito. Minha tia saiu hoje cedo para uma exposição de flores. Ainda não tive chance de lhe dizer o que aconteceu. Vou deixar uma mensagem para ela, dizendo que fui ao apartamento.

— Vai para o apartamento da sua tia em Londres?

— Sim. Está vazio. Mas eu posso sair para as refeições.

— Você vai ficar sozinha no apartamento? Ah, minha cara, eu não faria isso. Não se fica *sozinha.*

— Ninguém vai me devorar — falou Bridget, impaciente. — Além disso, minha tia volta amanhã.

Miss Waynflete sacudiu a cabeça com expressão de preocupada.

Luke disse:

— É melhor você ir para um hotel.

Bridget virou-se para ele.

— Por quê? Qual é o seu problema? Por que vocês estão me tratando como se eu fosse uma criancinha burra?

— Não, não, querida — contestou Miss Waynflete. — Só queremos que tenha *cuidado.* Só isso!

— Mas por quê? Por quê? Do que vocês estão *falando?*

— Veja bem, Bridget — disse Luke. — Temos que conversar. Mas não posso falar aqui. Venha comigo no carro e vamos a um lugar mais à vontade.

Ele olhou para Miss Waynflete.

— Podemos ir à sua casa em questão de uma hora? Há várias coisas que quero lhe dizer.

— Por favor. Aguardarei os dois lá.

Luke pôs a mão no braço de Bridget. Ele fez um aceno de agradecimento a Miss Waynflete.

Ele disse:

— Pegamos as bagagens depois. Venha.

Ele a conduziu para fora da sala e corredor afora, até a porta da frente. Ele abriu a porta do carro. Bridget entrou. Luke ligou o motor e cruzou o acesso com velocidade. Deu um suspiro de alívio quando atravessaram os portões.

— Graças a Deus que eu a tirei de lá com segurança — disse ele.

— Ficou louco, Luke? Por que esse negócio de "shhhh... não posso falar agora"?

Luke falou:

— Bom, há certos empecilhos em explicar que um homem é um homicida quando se está debaixo do teto desse homem!

Capítulo 20

Estamos juntos

Bridget ficou um instante imóvel no assento do carro. Ela disse:

— *Gordon*?

Luke confirmou com a cabeça.

— Gordon? *Gordon? Assassino?* Gordon é *o* assassino? Nunca ouvi uma coisa mais ridícula na vida!

— É o que lhe parece?

— Sim, muito. Ora, Gordon não faria mal a uma mosca.

Luke foi inflexível:

— Pode ser verdade. Não sei. Mas o certo é que ele matou um canário e tenho quase certeza de que matou um bom número de seres humanos.

— Meu querido Luke, não dá para acreditar!

— Eu sei — disse Luke. — É difícil mesmo. Até a noite retrasada, ele nem tinha entrado na lista de suspeitos da minha cabeça.

Bridget contrapôs:

— Mas eu sei tudo sobre Gordon! Eu sei como ele *é*! Ele é um homem muito meigo. É pomposo, sim, mas patético.

Luke fez que não.

— Você tem que repensar o que sabe sobre ele, Bridget.

— Não adianta, Luke, eu não consigo acreditar! O que foi que botou uma ideia tão absurda na sua cabeça? Ora, há questão de dois dias você tinha toda certeza de que era Ellsworthy.

Luke remexeu-se um pouco no seu assento.

— Eu sei. Eu sei. Você deve achar que amanhã vou suspeitar de Thomas e que no dia seguinte vou atrás de Horton! Mas não sou tão desequilibrado. Admito que a ideia é surpreendente da primeira vez que você se depara, mas, se olhar com mais atenção, vai ver que se encaixa com perfeição. Não é à toa que Miss Pinkerton não ousou buscar as autoridades locais. Ela *sabia* que iam rir da sua cara! A Scotland Yard era sua única esperança.

— Mas que motivo Gordon teria para essa matança? Ora, é uma coisa tão *boba!*

— Eu sei. Mas você não percebe que Gordon Whitfield tem uma opinião muito elevada de si?

Bridget disse:

— Ele se faz de maravilhoso, de importante. Mas é só o complexo de inferioridade do coitado!

— Essa pode ser a raiz do problema. Não sei ainda. Mas pense, Bridget, *pense* só um minuto. Lembre-se de todas as expressões que você usou rindo da cara de Whitfield: lesa-majestade etc. Não notou que o ego do homem é inflado a ponto de exagerar? E tem seus vínculos à religião. Minha cara, o homem é mais louco que um chapeleiro!

Bridget parou para pensar por um instante. Enfim disse:

— Ainda não acredito. Que provas você tem, Luke?

— Bom, as palavras são dele mesmo. Na noite retrasada, ele me disse, de forma bem simples e distinta, que quem se opunha a ele do modo que fosse *sempre acabava morto.*

— Prossiga.

— Não sei se consigo lhe explicar o que eu quero dizer, mas foi o modo como ele falou. Muito calmo, complacente e, como eu posso dizer? *Acostumado* à ideia! Ele ficou ali sentado, rindo consigo... Foi fabuloso e foi horrível, Bridget!

— Prossiga.

— Bom, então ele passou a me fazer uma lista de pessoas que haviam falecido porque haviam atraído seu supremo desprazer! E ouça só, Bridget: *as pessoas que ele citou foram*

Mrs. Horton, Amy Gibbs, Tommy Pierce, Harry Carter, Humbleby e Rivers, o chofer.

Bridget finalmente se abalou. Seu rosto ficou pálido.

— Ele falou nessas pessoas mesmo?

— Nessas pessoas! *Agora* acredita em mim?

— Meu Deus, creio que sim... Que motivo ele teria?

— A trivialidade bruta... isso é o que mais assusta. Mrs. Horton o esnobou, Tommy Pierce o imitou e os jardineiros riram, Harry Carter o ofendeu, Amy Gibbs foi impertinente e grosseira, Humbleby ousou discordar dele em público, Rivers o ameaçou diante de mim e de Miss Waynflete...

Bridget levou as mãos aos olhos.

— Que horror, que horror... — repetiu ela.

— Eu sei. E há outras evidências que ficam aparentes. O carro que atropelou Miss Pinkerton em Londres era um Rolls-Royce, *e a placa era a do carro de Lorde Whitfield.*

— Assim não resta dúvida... — Bridget falou bem devagar.

— Sim. A polícia achou que a mulher que lhes deu a placa devia ter se enganado. Um grande engano!

— Eu entendo — ponderou Bridget. — Quando se trata dos ricos e poderosos como Lorde Whitfield, é natural que acreditem mais na história do homem!

— Sim. Entende-se a dificuldade de Miss Pinkerton.

Bridget, pensativa, falou:

— Houve uma ou duas vezes em que ela me disse coisas muito esquisitas. Como se quisesse me avisar de alguma coisa. Na hora não entendi absolutamente nada... mas agora sim!

— Tudo se encaixa — disse Luke. — É assim que é. De início parece, como você disse: "Impossível!" E, depois que se aceita a ideia, tudo se encaixa! As uvas que ele mandou para Mrs. Horton... e ela achando que as enfermeiras a tinham envenenado! E aquela visita que ele fez ao Instituto Wellerman Kreutz... ele deu algum jeito de conseguir uma cultura de micróbios e contaminou Humbleby.

— Não entendo como ele conseguiu.

— Eu também não, *mas a conexão está aí.* Não há como não ver.

— Não... Como você disse, *se encaixa.* E óbvio que *ele* teria como fazer coisas que outros não conseguem! Ele estaria totalmente acima de qualquer suspeita!

— Creio que Miss Waynflete suspeitava. Ela falou na visita ao instituto. Trouxe para a conversa de forma bem casual... Mas imagino que ela esperasse alguma atitude da minha parte.

— Então ela sabia desde o início?

— Ela tinha forte desconfiança. Acho que ficou em desvantagem por já ter sido apaixonada por ele.

Bridget assentiu.

— Sim, isto explica várias coisas. Gordon me contou que eles já foram noivos.

— Veja que ela não queria acreditar que tinha sido ele. Mas ela teve cada vez mais certeza de que *era.* Ela tentou me dar dicas, mas não suportava fazer nada abertamente contra ele! Mulheres são criaturas estranhas! De certo modo, eu penso que ela ainda se importa com ele...

— Mesmo depois que ele a dispensou?

— *Ela* o dispensou. Foi uma história horrível. Eu lhe conto.

Ele recontou o breve mas horrendo episódio. Bridget ficou olhando para Luke.

— Gordon fez *isso*?

— Sim. Mesmo naqueles dias, veja que ele não tinha como ser normal!

Bridget estremeceu e falou em voz baixa:

— Há tantos anos, todos esses anos...

Luke disse:

— Pode ser que ele tenha eliminado muito mais gente e ainda vamos descobrir! Foi só a sucessão acelerada de mortes nos últimos tempos que chamou atenção! Como se ele houvesse ficado imprudente depois do sucesso!

Bridget assentiu. Ela ficou alguns instantes em silêncio, refletindo, mas de repente fez uma pergunta:

— O que foi exatamente que Miss Pinkerton lhe disse? No trem, naquele dia. Como ela começou a falar?

Luke fez sua mente rememorar.

— Disse que ia à Scotland Yard, falou no inspetor do vilarejo, disse que era uma pessoa agradável, mas que não estava pronto para lidar com homicídios.

— Foi a primeira menção a essa palavra?

— Sim.

— Prossiga.

— Então ela disse: "Vejo que o senhor ficou surpreso. Eu também fiquei, no início... Não conseguia acreditar. Achei que estivesse imaginando coisas..."

— E depois?

— Perguntei a ela se tinha certeza de que não... de que não estava imaginando coisas, no caso. E ela disse com toda placidez: "Não, não. Podia estar na primeira vez. Mas não na segunda, na terceira, nem na quarta. Depois de tantas, a pessoa sabe."

— Que maravilhoso — comentou Bridget. — Prossiga.

— Então é claro que eu a entretive... disse que tinha certeza de que ela estava fazendo o certo. Eu fui o maior São Tomé que já se viu!

— Eu sei. Tão fácil ser esperto depois do sucedido! Eu teria feito a mesma coisa: seria receptiva, me achando superior à pobre senhorinha! Como foi a conversa?

— Deixe-me ver... ah! Ela falou no caso Abercrombie. Do envenenador galês, lembra? Disse que não tinha acreditado que ele tinha um olhar, um olhar especial, que ele dava às vítimas. Mas que agora acreditava porque ela havia visto por si mesma.

— Que palavras ela usou, exatamente?

Luke pensou, franzindo a testa.

— Ela disse, ainda com uma voz muito refinada: "Eu não acreditei quando li... mas é verdade." E eu perguntei: "O que é verdade?" E ela disse: "A expressão no rosto da pessoa."

E, pelos céus, Bridget, o jeito como ela disse me *fisgou*! Aquela voz tranquila e a expressão do rosto... como alguém que havia visto algo horrível demais para contar!

— Prossiga, Luke. Conte-me tudo.

— Então ela começou a enumerar as vítimas: Amy Gibbs, Carter, Tommy Pierce. Disse que Tommy era um garoto repugnante e que Carter bebia. E depois ela disse: "E agora, ontem mesmo... foi o Dr. Humbleby. Um homem tão agradável, um homem muito agradável." E ela disse que se fosse a Humbleby e contasse, ele não ia acreditar, ele só ia rir!

Bridget deu um suspiro profundo.

— Entendi — disse ela. — Entendi.

Luke olhou para ela.

— O que foi, Bridget? No que está pensando?

— Numa coisa que Mrs. Humbleby disse uma vez. Eu fiquei pensando... não, deixe estar, prossiga. O que foi que ela lhe disse no final?

Luke repetiu as palavras com toda a seriedade. Elas o haviam deixado impressionado e era improvável que ele fosse esquecer.

— Eu disse que seria difícil se safar de tantos assassinatos e ela respondeu: "Não, meu garoto, não. É aí que o senhor se engana. É fácil matar... desde que ninguém suspeite da sua pessoa. E veja que a pessoa em questão é justamente a última de quem alguém iria suspeitar..."

Ele ficou em silêncio. Bridget falou, tremendo:

— É fácil matar? Absurdamente fácil... isso é verdade! Não foi à toa que essas palavras grudaram na sua mente, Luke. Elas vão grudar na minha para sempre! Um homem como Gordon Whitfield... ah! É claro que é fácil.

— Não é fácil fazer ele entender — disse Luke.

— Você não acha? Tive uma ideia que pode ajudar.

— Bridget, eu a proíbo de...

— Não tem como. Não posso ficar acomodada, esperando que aconteça o melhor. Eu estou envolvida, Luke.

Pode ser perigoso, sim, eu admito, mas tenho que fazer minha parte.

— Bridget...

— Eu estou *envolvida*, Luke! Eu vou aceitar o convite de Miss Waynflete e vou ficar na cidade.

— Minha cara, eu imploro que...

— É perigoso para nós dois. Eu sei. Mas estamos nessa, Luke. Estamos nessa... juntos!

Capítulo 21

“Ó, por que luvas ao trilhar o prado?”

O interior tranquilo da casa de Miss Waynflete foi quase um anticlímax depois dos momentos de tensão no carro.

Miss Waynflete pareceu um pouco indecisa ao receber o aceite de Bridget quanto ao convite de estadia, embora tenha apressado-se em reiterar sua oferta dizendo que suas dúvidas se atribuíam a outra coisa e não à relutância em receber a moça.

Luke disse:

— Eu acho que vai ser o melhor, dado que a senhorita é gentilíssima, Miss Waynflete. Eu vou ficar no Bells and Motley. Prefiro ter Bridget por perto em vez de levá-la para Londres. Afinal de contas, lembre-se do que aconteceu lá.

Miss Waynflete disse:

— Está falando de... Lavinia Pinkerton?

— Sim. As pessoas tendem a achar que se está mais a salvo no meio de uma cidade grande, não é mesmo?

— Está querendo dizer — disse Miss Waynflete — que a segurança da pessoa depende sobretudo do fato de ninguém querer assassiná-la?

— Exato. Passamos a depender do que já foi chamado de boa vontade da civilização.

Miss Waynflete assentiu, pensativa.

Bridget disse:

— Há quanto tempo a senhorita sabe que... que Gordon era o assassino, Miss Waynflete?

Miss Waynflete suspirou.

— Difícil responder essa pergunta, meu caro. Imagino que eu tinha plena certeza, no âmago do meu ser, há algum tempo. Mas fiz o possível para não reconhecer no que acreditava! Veja bem, eu não *quis* acreditar e por isso fingi que era uma ideia perversa e monstruosa da minha parte.

Luke falou de forma brusca:

— A senhorita já teve receio... pela sua pessoa?

Miss Waynflete parou para pensar.

— O senhor está perguntando se, caso Gordon suspeitasse que eu sabia, ele daria um jeito de se livrar de *mim?*

— Sim.

Miss Waynflete falou com toda a delicadeza:

— Estou ciente dessa possibilidade, claro. Tentei... me cuidar. Mas não creio que Gordon teria me considerado uma ameaça.

— Por quê?

Miss Waynflete ficou um pouco corada.

— Não creio que Gordon chegaria a pensar que eu lhe faria algo... algo que lhe causaria risco.

Luke falou de imediato:

— A senhorita chegou a alertá-lo, não?

— Sim. Quer dizer, eu sugeri a ele que era estranho que quem o desagradava logo sofria um acidente.

Bridget quis saber:

— E o que foi que ele disse?

Uma expressão preocupada cruzou o rosto de Miss Waynflete.

— Ele não teve uma reação nem próxima do que eu queria. Ele pareceu, chega a ser extraordinário, ele pareceu *satisfeito.* Ele me disse: "Então *você* notou?" Ele até... ele *se gabou*, se é que me permite a expressão.

— É evidente que ele é louco — disse Luke.

Miss Waynflete concordou com avidez.

— Sim, de fato, não há outra explicação possível. Ele não é responsável pelo que faz. — Ela colocou uma mão no braço de Luke. — Ele... ele não vai à *forca,* vai, Mr. Fitzwilliam?

— Não, não. Imagino que vão mandá-lo para Broadmoor.

Miss Waynflete suspirou e se encostou.

— Estou tão contente.

Os olhos dela detiveram-se em Bridget, que estava franzindo o cenho para o tapete.

Luke disse:

— Mas ainda estamos longe disso. Eu notifiquei as autoridades e posso dizer que estão dispostos levar o assunto a sério. Mas a senhorita há de entender que temos pouquíssima informação para tomar providências.

— Nós conseguiremos provas — disse Bridget.

Miss Waynflete olhou para ela. Havia algo na sua expressão que lembrava a Luke alguém ou algo que ele havia visto há pouco tempo. Ele tentou situar a memória esquiva, mas não conseguiu.

Miss Waynflete falou, em tom de dúvida:

— Você está confiante, minha cara. Bom, talvez tenha razão.

Luke disse:

— Eu vou com o carro, Bridget, e busco suas coisas na Mansão.

Bridget falou imediatamente:

— Eu vou junto.

— Preferia que não fosse.

— Sim, mas eu prefiro ir.

Luke falou irritado:

— Não me venha com essa ceninha de mãe e filha, Bridget! Eu me recuso a ser protegido por você.

Miss Waynflete murmurou:

— Bridget, eu tenho segurança de que vai ficar tudo bem. Num carro... à luz do dia...

Bridget deu uma risada um tanto quanto acanhada.

— Eu estou sendo tola. Este negócio é de deixar qualquer um nervoso.

Luke disse:

— Miss Waynflete me protegeu em casa na outra noite. Não foi, Miss Waynflete? Admita! Foi, não foi?

Ela admitiu sorrindo.

— Pois veja, Mr. Fitzwilliam, que o senhor não desconfiou de nada! E se Gordon Whitfield compreendeu de fato que o senhor estava aqui para saber deste caso e por nenhum outro motivo... bom, não era muito seguro. E aquele caminho é muito deserto, *qualquer* coisa poderia ter acontecido!

— Bom, agora estou ciente do perigo — disse Luke, sombrio. — Garanto que não vou ser pego de calças curtas.

Miss Waynflete falou, um tanto nervosa:

— Lembre-se de que ele é ardiloso. E muito mais esperto do que vocês imaginam! Uma mente muito habilidosa.

— Estou de sobreaviso.

— Os homens são corajosos, isto é fato — disse Miss Waynflete. — Mas é mais fácil *enganá-los* do que enganar as mulheres.

— É verdade — disse Bridget.

Luke disse:

— Falando sério, Miss Waynflete, acha mesmo que eu corro algum risco? Acha, como dizem nos filmes, que o Lorde Whitfield quer *o meu couro*?

Miss Waynflete hesitou.

— Eu acho — disse ela — que o maior perigo é em relação a Bridget. É a recusa *dela* quanto a ele que é a ofensa máxima! Eu acho que *depois* que ele tiver lidado com Bridget ele vai voltar sua atenção a *você*. Mas creio que não há dúvida de que ele vai tentar com ela *primeiro*.

Luke resmungou:

— Queria muito que você saísse da cidade. Agora. Imediatamente, Bridget.

Os lábios de Bridget estavam firmes e fechados.

— Eu não vou.

Miss Waynflete suspirou.

— Você é uma criatura corajosa, Bridget. Eu a admiro.

— A senhorita faria a mesma coisa no meu lugar.

— Talvez.

Bridget disse, com a voz caindo numa nota plena, rica:

— Luke e eu estamos nessa juntos.

Ela foi com ele até a porta. Luke disse:

— Eu ligo para você do Bells and Motley quando tiver saído da jaula do leão.

— Sim, ligue.

— Minha cara, não há motivo para alarme. Até os assassinos mais experientes precisam de um tempo para amadurecer os planos! Eu diria que ficaremos tranquilos por um, dois dias. O Superintendente Battle está vindo de Londres hoje. A partir daí, Whitfield ficará sob observação.

— Aliás, está tudo bem e podemos dispensar o melodrama.

Luke falou sério, colocando uma mão sobre o ombro dela:

— Bridget, meu bem: faça-me o favor de não tomar nenhuma atitude *precipitada*!

— Digo o mesmo, querido Luke.

Ele apertou o ombro dela, correu para o carro e partiu.

Bridget voltou à sala de estar. Miss Waynflete estava alvoroçando-se à moda de uma solteirona.

— Minha cara, seu quarto ainda não está *totalmente* pronto. Emily está tratando disso. Sabe o que eu vou fazer? Eu vou lhe buscar uma xícara de chá! É tudo que você precisa depois de tantos dissabores.

— É gentilíssimo da sua parte, Miss Waynflete, mas eu não quero nada.

Bridget gostaria mesmo era de um coquetel forte, que consistisse acima de tudo de gim, mas ela julgou devidamente que esta forma de refresco provavelmente não ia acontecer. Ela detestava chá com todas as suas forças. Geralmente lhe causava indigestão. Miss Waynflete, contudo, havia decidido que era de chá que a jovem convidada precisava. Ela saiu com pressa da sala e ressurgiu por volta de cinco minutos depois, com o rosto radiante, trazendo uma bandeja na qual havia duas delicadas xícaras de porcelana Dresden com uma bebida fragrante e fumegante até a beira.

— Lapsang Souchong legítimo — falou Miss Waynflete com orgulho.

Bridget, que detestava os chás da China ainda mais que os indianos, lhe deu um sorriso fraco.

Naquele instante Emily, uma moça baixinha e com cara de desastrada, com adenoides inchados, apareceu na porta e disse:

— Bor obséguio, badroa... brefere as vronhas de renda?

Miss Waynflete saiu da sala com pressa, e Bridget aproveitou o intervalo para jogar seu chá pela janela. Por um triz não escaldou Vesguinho, que estava na floreira logo abaixo.

Vesguinho aceitou o pedido de desculpas, pulou no peitoril da janela e passou a se enroscar sobre os ombros de Bridget, ronronando com afetação.

— Que lindo! — disse Bridget, passando a mão pelas costas do gato.

Vesguinho arqueou o rabo e ronronou com vigor redobrado.

— Que bichano bonito — disse Bridget, coçando suas orelhas.

Miss Waynflete voltou naquele instante.

— Ora, ora — exclamou ela. — Vesguinho se afeiçoou *muito* a você, não é? Normalmente ele é tão retraído! Cuidado com a orelha, querida, ele andou com uma infecção e ainda está dolorida.

O alerta chegou tarde demais. A mão de Bridget havia beliscado a orelha dolorida. Vesguinho eriçou-se e retirou-se como uma maçaroca ofendida e laranja.

— Ah, querida, ele a arranhou? — lamentou Miss Waynflete.

— Nada de mais — disse Bridget, lambendo um arranhão diagonal nas costas da mão.

— Quer passar iodo?

— Ah, não, está tudo bem. Não precisamos dar bola.

Miss Waynflete pareceu um tanto decepcionada. Sentindo que havia sido desagradável, Bridget falou com pressa:

— Quanto tempo será que Luke vai levar?

— Ora, não se preocupe, minha cara. Tenho certeza de que Mr. Fitzwilliam sabe cuidar muito bem de si.

— Ah, sim, Luke é forte!

Naquele instante o telefone tocou. Bridget correu para atender. Era a voz de Luke.

— Alô? É você, Bridget? Estou no Bells and Motley. Você se importaria de receber seus pertences depois do almoço? É que Battle chegou aqui... você sabe de quem estou falando.

— O tal superintendente da Scotland Yard?

— Sim. E ele quer conversar comigo imediatamente.

— Por mim tudo bem. Traga minhas coisas depois do almoço e me conte o que ele tem a dizer de tudo.

— Claro. Até, meu bem.

— Até.

Bridget colocou o telefone no gancho e repassou o diálogo a Miss Waynflete. Depois deu um bocejo. A sensação de fadiga sucedeu sua empolgação.

Miss Waynflete percebeu.

— Você está cansada, minha cara! É melhor se deitar... não, talvez seja ruim logo antes do almoço. Eu ia levar roupas para uma mulher numa casinha perto daqui, é uma boa caminhada pelos prados. Gostaria de vir comigo, quem sabe? Teremos tempo antes do almoço.

Bridget aceitou de pronto.

As duas saíram pelos fundos. Miss Waynflete usava um chapéu de palha e, para deleite de Bridget, havia vestido luvas.

"Pode ser que demos uma passadinha na Bond Street!", ela pensou consigo.

Miss Waynflete falou em tom amigável de vários assuntos menores do vilarejo enquanto elas caminhavam. Passaram por dois campos, cruzaram uma via de terra batida e aí pegaram uma trilha que passava por um bosque esparso. Fazia um dia quente e Bridget achou a sombra das árvores agradável.

Miss Waynflete sugeriu que elas se sentassem e descansassem um minuto.

— Está um calor tirano hoje, não acha? Imagino que teremos *trovões*!

Bridget aquiesceu, um tanto sonolenta. Ela encostou-se no banco, os olhos semicerrados, e algumas estrofes de poesia acorreram a seu cérebro.

Ó, por que luvas ao trilhar o prado
Ó, gordinha deste corpo mal-amado?

Mas aquilo não estava certo! Miss Waynflete não era gorda. Ela emendou as palavras para encaixar na situação.

Ó, por que luvas ao trilhar o prado
Ó, magrinha deste corpo mal-amado?

Miss Waynflete interrompeu os pensamentos dela.

— Está com muito sono, querida?

As palavras foram proferidas num tom gentil, cotidiano, mas alguma coisa nelas fez os olhos de Bridget se abrirem depressa.

Miss Waynflete estava inclinando-se para ela. Seus olhos eram ávidos, sua língua passou gentilmente pelos lábios. Ela repetiu a pergunta:

— Está com *muito* sono, não está?

Desta vez, não havia como se enganar quanto ao significado do tom. Houve um estalo no cérebro de Bridget: um relâmpago de compreensão, sucedido por outro de desprezo pela própria estupidez!

Ela desconfiava da verdade, mas não passara de mínima desconfiança. Ela pretendia, se atuasse com tranquilidade e sigilo, confirmar. Mas em nenhum instante havia percebido que já haveria um atentado contra ela mesma. Tampouco ia imaginar que algo assim seria considerado tão rápido. Tola, quão tola!

E ela pensou de repente: "O chá... tinha algo no chá. *Ela não sabe que eu não bebi.* Essa é minha chance! Tenho que fingir que tomei! O que será que era? Veneno? Ou era só para dormir? Ela espera que eu fique sonolenta... isso já está evidente."

Ela deixou as pálpebras escorregarem de novo. No que esperava que fosse uma voz embargada, ela disse:

— Estou, e muito... Que engraçado! Não sei quando me senti tão sonolenta na vida.

Miss Waynflete assentiu calmamente.

Bridget ficou observando a mais velha pelos olhos estreitos, quase fechados.

Pensou: "Eu dou conta dela! Meus músculos são fortes! Ela é uma velha coroca e magricela. Mas tenho que fazê-la *falar*. É isso: fazer ela *falar*!"

Miss Waynflete estava sorrindo. Não era um sorriso agradável. Era astucioso e pouco humano.

Bridget pensou: "Ela parece um bode. Nossa! Ela parece muito um bode! O bode sempre foi símbolo do mal! Agora eu entendi por quê! Eu tinha razão... eu tinha razão na minha fantasia! *Não há fúria no inferno como a da mulher desprezada.* Foi aí que começou. Está tudo aí."

Ela murmurou, e desta vez sua voz tinha tom evidente de apreensão.

— Não sei qual é o meu problema... eu me sinto tão esquisita... *tão* esquisita!

Miss Waynflete deu uma olhada rápida ao seu redor. O local era totalmente isolado. Estavam muito longe do vilarejo para que alguém ouvisse um grito. Não havia casas nem choupanas por perto. Ela começou a mexer no embrulho que levava, o embrulho que devia ter roupas usadas. Aparentemente tinha. O papel se desfez, mostrando um traje de lã. E as mãos em luvas não paravam de mexer, mexer.

Ó, por que luvas ao trilhar o prado

"É... por quê? Por que luvas?"

É claro! É claro! Tudo planejadíssimo!

O embrulho se desfez. Cuidadosamente, Miss Waynflete extraiu a faca, segurando-a com cuidado para não eliminar as impressões digitais que já estavam ali — onde os dedinhos atarracados de Lorde Whitfield haviam tocado naquele mesmo dia, na sala de visitas da Mansão Ashe.

A adaga moura de gume afiado.

Bridget sentiu-se um pouco enjoada. Ela precisava ganhar tempo... sim, e ela *precisava* fazer a mulher falar. Aquela mulher magra, grisalha, que ninguém amava. Não devia ser tão difícil, não muito. Porque ela deve querer falar, ah, deve. E a única pessoa com quem ela poderia falar era alguém como Bridget: alguém que ia fazer silêncio eterno.

Bridget disse com voz fraca, grave:

— O que... é essa... faca?

E então Miss Waynflete riu.

Foi uma risada horrível, suave e musicada e refinada, também desumana. Ela disse:

— Para você, Bridget. Para você! Caso não saiba, eu te odeio. Te odeio há muito tempo.

Bridget disse:

— Porque eu ia me casar com Gordon Whitfield?

Miss Waynflete assentiu.

— Você é esperta. Muito esperta! Esta será a prova-mor contra Gordon. Você será encontrada aqui, com o pescoço cortado e... o punhal *dele*, e as impressões digitais *dele* no punhal! Muito esperto da minha parte ter pedido para ver a faca hoje de manhã! E então eu a puxei para minha bolsa, enrolada num lenço, enquanto você estava no andar de cima. Muito fácil! Mas tudo tem sido muito fácil. Eu mal podia acreditar.

Bridget disse, ainda com a voz densa e abafada de uma pessoa dopada.

— Porque... você... é... diabólica...

Miss Waynflete deu sua risadinha refinada de novo. Ela falou com orgulho tenebroso:

— Sim, eu sempre fui inteligente, até quando era menina! Mas não me deixavam fazer nada. Eu tinha que ficar em casa... para nada. E então Gordon: ele era só o filho do sapateiro, uma pessoa comum, mas eu sabia que ele tinha ambições. Sabia que ele ia subir nesse mundo. E ele me dispensou. *Me* dispensou! Tudo por causa daquela coisa ridícula com o passarinho.

As mãos dela fizeram um gesto esquisito, como se estivessem torcendo algo.

Bridget sentiu outro acesso de enjoo.

— Gordon Ragg ousou *me* dispensar! A filha do Coronel Waynflete! Eu jurei que ele ia pagar! Eu pensava nisso noite e dia... E aí fomos ficando cada vez mais pobres. Tivemos que vender a casa. *Ele* comprou! Ele veio todo paternalista oferecer um emprego na minha própria casa. Um emprego para *mim*! Como eu o odiei naquela hora! Mas nunca demonstrei o que eu sentia. Nos ensinaram quando crianças... um treinamento valiosíssimo. Aqui, como eu sempre penso, é onde a criação faz diferença.

Ela ficou um minuto em silêncio. Bridget a observava, mal ousando respirar para não deter o fluxo de palavras.

Miss Waynflete seguiu com delicadeza:

— Esse tempo todo eu pensei, pensei... Primeiro cogitei apenas matá-lo. Foi quando comecei a ler sobre criminologia. Às escondidas, é claro... na própria biblioteca. E mais de uma vez, depois, descobri o quanto minha leitura tinha sido *útil*. A porta da sala de Amy, por exemplo: foi só girar a chave na fechadura por fora com pinças, depois de trocar os frascos de lado na sua mesinha. Como ela roncava, aquela menina. Era nojento!

Ela fez uma pausa.

— Deixe-me ver, onde eu estava?

Aquele dom que Bridget havia cultivado, que havia encantado Lorde Whitfield, o dom de ser uma grande ouvinte, agora lhe servia bem. Honoria Waynflete podia ser uma maníaca homicida, mas também era algo mais comum. Era um ser humano que queria falar de si. E com esta classe de ser humano Bridget estava bem preparada para lidar.

Ela disse, e sua voz tinha o tom correto de convite:

— Você pretendia matá-lo…

— Sim, mas isso não me satisfez, ordinário demais. Tinha que ser algo melhor do que só matar. E aí tive essa ideia. Ela simplesmente me ocorreu. Ele teria que sofrer por cometer muitos crimes dos quais era totalmente inocente. Ele tinha que ser um assassino! *Ele* tinha que ir à forca pelos *meus* crimes. Ou eles diriam que ele estava louco e ia passar a vida calado… Talvez fosse até melhor.

Agora ela ria. Uma risada terrível… Seus olhos brilhavam e a encaravam com pupilas estranhas, alongadas.

— Como eu disse, li muitos livros sobre criminalidade. Escolhi minhas vítimas com cuidado: de início não poderia haver muita desconfiança. Veja bem — sua voz ficou mais grave —, eu *gostava* de matar… Aquela desagradável, Lydia Horton. Ela foi condescendente comigo, me chamou de solteirona. Fiquei contente quando Gordon brigou com ela. Dois coelhos com uma cajadada só, eu pensei! *Tanta* diversão, sentar-se ao lado da cama dela e deixar o arsênico no chá, depois sair e contar à enfermeira como Mrs. Horton havia reclamado do amargor das uvas de Lorde Whitfield! A burra nunca repetiu isso, que foi uma pena.

"E os outros! Assim que eu ficava sabendo que Gordon tinha queixa de alguém, ficava *muito* fácil provocar um acidente! E ele foi tão imbecil… um grande imbecil! Fiz ele acreditar que tinha algo de especial! Que quem se opunha a ele acabava sofrendo um castigo. Ele caiu nessa tão fácil. Pobre Gordon, ele acredita em qualquer coisa. Tão crédulo!

Bridget pensou em si desdenhando com Luke: "Gordon! Ele acredita em tudo!"

Fácil? E como! Pobre, pequeno, pomposo e crédulo Gordon.

Mas ela precisava saber mais! Fácil? Isso também era fácil! Era o que ela fazia havia anos como secretária. Sorrateiramente incentivava seus empregadores a falar de si. E esta mulher queria falar, queria se vangloriar da própria esperteza.

Bridget murmurou:

— Mas como você conseguiu tanto? Não vejo *como*.

— Ah, foi *muito* fácil! Bastou ser organizada! Quando Amy foi dispensada da Mansão, eu a contratei na mesma hora. Acho que a ideia da tinta de pintar chapéu foi *muito* esperta... e com a porta trancada *por dentro*, *eu* me senti bastante segura. Mas é evidente que eu sempre estive segura porque nunca tive *motivo*, e não se pode suspeitar que alguém é uma assassina se não houver motivação. Carter também foi fácil: ele estava se arrastando na neblina e eu o encontrei na ponte. Foi só dar um empurrão. Não pareço, mas sou muito forte, sabia?

Ela fez uma pausa e aquela risadinha leve e terrível soou de novo.

— Foi tudo muito *divertido!* Eu nunca vou esquecer a cara de Tommy naquele dia em que o empurrei da janela. Ele não tinha a mínima ideia...

Ela curvou-se para Bridget, em tom confidencial.

— As pessoas são muito burras, sabia? Antes eu não me dava conta.

Bridget falou bem baixo:

— Mas então... você é mais inteligente que a média.

— Sim, sim, talvez você tenha razão.

Bridget disse:

— Dr. Humbleby... deve ter sido mais difícil?

— Sim, foi incrível como aquilo deu certo. *Talvez* não tivesse funcionado, é claro. Mas Gordon vinha falando com todo mundo da visita ao Instituto Wellerman Kreutz, e pensei que eu *podia* fazer com que as pessoas se lembrassem dessa visita e ligassem os pontos. E a orelha de Vesguinho estava mesmo um desastre, muito supurada. Eu consegui passar a ponta da minha tesourinha na mão do doutor, e aí fiquei *tão* angustiada que insisti em colocar um curativo e fazer uma atadura. Ele não sabia que o curativo já estava infectado pela orelha de Vesguinho. É evidente que *podia* não ter dado certo... era uma aposta. Fiquei encantada quando deu certo. Ainda mais porque Vesguinho era o gato de Lavinia.

O rosto dela se obscureceu.

— Lavinia Pinkerton! *Ela* adivinhou... foi ela que encontrou Tommy naquele dia. E aí, quando Gordon e o velho Dr. Humbleby tiveram aquela briga, ela me pegou olhando para Humbleby. Eu estava de guarda baixa. Estava me perguntando exatamente como eu faria... E ela percebeu! Eu me virei e a vi me observando, e... fui descoberta. Pude notar que ela sabia. Ela não tinha como provar nada, é claro. Eu sabia que não. Mas do mesmo modo tive medo de que alguém pudesse acreditar nela. Tive medo de que acreditassem nela na Scotland Yard. Tinha certeza de que era lá que ela iria naquele dia. Eu estava no mesmo trem e fui atrás.

"Foi tudo muito fácil. Ela estava numa ilha entre duas pistas da rua, atravessando para Whitehall. Eu estava logo atrás. Ela nem me viu. Um carro grande passou e eu a empurrei com toda a força. Sou muito forte! Ela foi parar logo embaixo. Eu disse à mulher ao meu lado que havia visto a placa do carro e lhe dei o número do Rolls de Gordon. Torci que ela repetisse à polícia.

"Foi uma sorte o carro não ter parado. Um chofer dando voltinhas sem conhecimento de seu chefe, como eu suspeitei. Sim, nisso tive sorte. Sempre tive. A cena do outro dia com Rivers, e Luke Fitzwilliam de testemunha. Me diverti tanto fazendo-o de gato e sapato! Estranho como foi difícil fazer ele suspeitar de Gordon. Mas, depois da morte de Rivers, eu tive certeza de que ia acontecer. Não havia outra opção! E agora... bom, isso vai encerrar tudo com chave de ouro.

Ela se levantou e veio na direção de Bridget. Falou baixinho:

— Gordon me dispensou! Ele ia casar com você. Passei minha vida inteira decepcionada. Eu não tinha nada... nada...

Ó, magrinha deste corpo mal-amado...

Miss Waynflete estava curvando-se sobre ela, um sorriso nos lábios, os olhos iluminados e loucos... O punhal reluzindo...

Com toda a sua juventude e força, Bridget deu um salto. Como um tigre, ela lançou-se com toda a força sobre a outra mulher, derrubando-a e agarrando seu pulso direito.

Pega de surpresa, Honoria Waynflete caiu diante da investida. Mas então, após um instante de inércia, começou a revidar. Em termos de força, elas não tinham comparação. Bridget era jovem e saudável, com músculos definidos pelo esporte. Honoria Waynflete era uma criatura magrela e frágil.

Mas havia um fator que Bridget não havia computado. *Honoria Waynflete era louca.* Sua força era a força de uma pessoa insana. Ela brigava como um diabo e sua força insana era maior do que a dos músculos sãos de Bridget. Elas se balançaram para lá e para cá, e Honoria Waynflete ainda levou a melhor.

E então, pouco a pouco, a força da mulher louca começou a prevalecer. Bridget começou a gritar:

— *Luke! Socorro! Socorro...*

Mas não tinha esperança de que a ajuda chegaria. Ela e Honoria Waynflete estavam sozinhas. Sozinhas em um mundo morto. Com o máximo de esforço, ela puxou o pulso da outra para baixo, e por fim ouviu o punhal cair.

No instante seguinte, as duas mãos de Honoria Waynflete estavam apertando seu pescoço com uma força maníaca, espremendo sua vida. Ela deu um último grito engasgado...

Capítulo 22

Mrs. Humbleby se pronuncia

Luke teve impressão positiva da aparência do Superintendente Battle. Era um homem corpulento, de aparência familiar, com rosto vermelho e largo, mais um belo bigode. Ele não expressava exatamente brilhantismo ao primeiro olhar, mas, ao segundo, deixava um bom observador pensativo, pois o olhar do Superintendente Battle era incomumente arguto.

Luke não cometeu o erro de subestimá-lo. Ele já havia conhecido homens do tipo de Battle. Ele sabia que podiam ser confiáveis, e que invariavelmente conseguiam resultados. Ele não podia esperar um homem melhor a cargo do caso.

Quando estavam a sós, Luke disse:

— O senhor é um tanto quanto um exagero para ser enviado para um caso como este, não?

Superintendente Battle sorriu.

— Pode acabar sendo uma questão mais séria, Mr. Fitzwilliam. Quando envolve um homem como Lorde Whitfield, não queremos cometer nenhum engano.

— É bom saber. Veio sozinho?

— Não, não. Trouxe um inspetor de segundo nível comigo. Está no outro pub, no Seven Stars, e o trabalho dele é ficar de olho no lorde.

— Entendo.

Battle perguntou:

— Na sua opinião, Mr. Fitzwilliam, não há dúvida alguma? Tem muita certeza de sua acusação?

— Com os acontecidos não vejo alternativa possível. Quer que eu lhe informe os fatos?

— Já ouvi tudo de Sir William, muito obrigado.

— Bom, o que o *senhor* acha? Creio que lhe pareça altamente improvável que um homem na condição de Lorde Whitfield fosse um criminoso homicida, não?

— Há poucas coisas que me parecem improváveis — disse o Superintendente Battle. — Nada é impossível na criminalidade. É o que sempre falei. Se o senhor me dissesse que uma velhinha solteirona, ou um arcebispo, ou uma colegial é uma pessoa criminosa, eu não iria contestar. Iria investigar.

— Se Sir William já lhe contou os fatos determinantes do caso, vou lhe contar o que aconteceu hoje pela manhã — disse Luke.

Ele repassou brevemente as linhas gerais da cena com Lorde Whitfield. O Superintendente Battle ficou ouvindo com grande interesse.

Ele disse:

— O senhor falou que ele estava manuseando um punhal. Ele fez alguma consideração especial quanto ao punhal, Mr. Fitzwilliam? Alguma ameaça?

— Não abertamente. Ele testou o gume de um jeito muito malicioso. Uma espécie de prazer estético com a coisa, a que não dei atenção. Miss Waynflete sentiu o mesmo, creio eu.

— Foi a senhorita de quem o senhor falou. A que conhece Lorde Whitfield desde criança e que já foi noiva dele?

— Ela mesma.

Superintendente Battle disse:

— Acho que podemos concluir quanto à moça, Mr. Fitzwilliam. Vou mandar alguém ficar de vigília atenta a ela. Com isso, e com Jackson seguindo o lorde, não deve haver risco de algo acontecer.

— O senhor me deixa muito aliviado — disse Luke.

O superintendente concordou, solidário.

— Que situação terrível para o senhor, Mr. Fitzwilliam, preocupado com Miss Conway. Veja bem, não creio que este caso será simples. Lorde Whitfield deve ser um homem muito arguto. Ele provavelmente ficará calado por um bom tempo. Quer dizer: a não ser que ele tenha chegado no último estágio.

— O que o senhor chama de último estágio?

— Uma espécie de egoísmo soberbo em que o criminoso acha que não tem como ser pego! Que ele é muito esperto e todos os outros são imbecis. Aí, é claro, pegamos ele!

Luke assentiu e se levantou.

— Bom — disse ele —, eu lhe desejo sorte. Quero ajudar como puder.

— Com certeza.

— Nada que o senhor possa sugerir nesse sentido?

Battle repassou a pergunta na mente.

— Creio que não. Não no momento. Eu só quero ver como andam as coisas no geral. Quem sabe possamos conversar novamente à noite?

— Por favor.

— Aí saberei melhor em que ponto nos encontramos.

Luke sentiu-se um pouco mais confortável e aliviado. Era comum as pessoas sentirem-se assim após uma conversa com o Superintendente Battle.

Ele conferiu o relógio. Deveria voltar e ver Bridget antes do almoço?

É melhor não, ele pensou. Miss Waynflete talvez achasse que teria que convidá-lo para a refeição, e podia conturbar sua administração doméstica. Pela sua experiência com tias, Luke sabia que senhoras de meia-idade podiam ficar muito afetadas com as tarefas domésticas. Ele ficou perguntando-se: Miss Waynflete seria tia? Provavelmente.

Ele havia acabado de sair pela porta da hospedaria. Uma figura de preto que andava com pressa pela rua parou de repente quando o viu.

— Mr. Fitzwilliam.

— Mrs. Humbleby.

Ele tomou a frente e apertou a mão dela.

Ela disse:

— Achei que o senhor havia ido embora.

— Não... apenas troquei de aposentos. Agora eu vou ficar aqui.

— E Bridget? Ouvi dizer que ela deixou a Mansão Ashe.

— Sim, deixou.

Mrs. Humbleby deu um suspiro.

— Fico tão contente... contente que ela tenha saído de Wychwood.

— Ah, ela continua aqui. Aliás, ela está com Miss Waynflete.

Mrs. Humbleby deu um passo para trás. Luke percebeu, surpreso, que o rosto dela ganhou angústia profunda.

— Na casa de Honoria Waynflete? Mas *por quê*?

— Miss Waynflete fez a gentileza de convidá-la para passar alguns dias.

Mrs. Humbleby teve um leve tremor. Ela chegou perto de Luke e colocou a mão sobre o seu braço.

— Mr. Fitzwilliam, sei que não tenho direito de falar nada, nada mesmo. Passei por muitas aflições nos últimos tempos, além do luto. Pode ser que tenha me deixado fantasiosa! Essas sensações que eu tenho podem ser só imaginação doentia.

Luke falou delicadamente:

— Que sensações?

— Esta convicção que eu tenho quanto... quanto a coisas *malignas!*

Ela olhou para Luke, acanhada. Vendo que ele apenas curvou a cabeça e manteve-se sério, não aparentando questionar o que ela disse, ela prosseguiu:

— *Há tanta perversidade*... é essa a ideia que eu sempre carrego comigo. Há tanta perversidade aqui em Wychwood. E aquela mulher está no centro de tudo. Tenho certeza!

Luke ficou desconcertado.

— Que mulher?

Mrs. Humbleby disse:

— Tenho certeza de que Honoria Waynflete é uma mulher perversa! Ah, eu vi que o senhor não acredita! Tal como ninguém acreditou em Lavinia Pinkerton. *Mas nós duas sentimos.* Creio que ela sabia mais do que eu... Lembre, Mr. Fitzwilliam, que quando uma mulher está insatisfeita ela é capaz de coisas terríveis.

Luke respondeu com educação.

— Sim, é possível...

Mrs. Humbleby respondeu depressa:

— O senhor não acredita? Bom, por que acreditaria? Mas não esqueço do dia em que John chegou em casa com a mão enfaixada, embora ele tenha feito pouco caso e dito que foi só um arranhão.

Ela virou-se.

— Até mais ver. Por favor, esqueça o que eu acabei de dizer. Eu... eu não ando me sentindo eu mesma.

Luke a viu ir embora. Ficou se perguntando por que Mrs. Humbleby teria chamado Honoria Waynflete de perversa. Será que Dr. Humbleby e Honora Waynflete eram amigos e a esposa do médico ficou com ciúmes?

O que ela havia dito? "Tal como ninguém acreditou em Lavinia Pinkerton." Então Lavinia Pinkerton deve ter confiado algumas suspeitas a Mrs. Humbleby.

De repente, uma memória do vagão do trem lhe acorreu, assim como o rosto preocupado de uma senhorinha gentil. Ele ouviu de novo a voz séria dizendo: "A expressão no rosto da pessoa." E como a expressão dela mesma havia se alterado, como se na mente ela estivesse vendo algo com toda clareza. Só por um instante, ele pensou, o rosto dela estava bem diferente, os lábios repuxados acima dos dentes e um olhar esquisito, quase exultante.

De repente ele pensou: "Mas eu já vi alguém olhar assim, esta mesma expressão... Faz pouco tempo. Quando foi? Hoje pela manhã! É claro! Miss Waynflete, quando ela ficou olhando para Bridget na sala de visitas da Mansão."

E de repente ele foi acossado por outra memória. De anos atrás. Sua Tia Mildred dizendo: "Ela, querido, ela me pareceu uma *miolo mole*!" e por um instante seu rosto são e tranquilo ficou com uma expressão de tonto, de impensado...

Lavinia Pinkerton vinha falando da expressão que havia visto no rosto de um homem... não, de uma *pessoa*. Seria possível que, por um instante, sua imaginação vívida houvesse *reproduzido a expressão que ela vira? A expressão de uma assassina diante da próxima vítima*...

Sem ter plena ciência do que estava fazendo, Luke acelerou o passo para a casa de Miss Waynflete.

Uma voz no cérebro dele ficava repetindo:

"Não um *homem*. Ela nunca falou em um *homem*. *Você* supôs que fosse um homem porque estava pensando em um homem, mas *ela* nunca disse que era... Meu Deus, será que eu fiquei louco? Não é possível o que eu estou pensando... com certeza não é *possível*. Não faria sentido. Mas eu *preciso* chegar em Bridget. *Preciso* saber que ela está bem. Aqueles olhos... aqueles olhos suspeitos, iluminados, cor de âmbar! Eu fiquei louco! Eu devo ter enlouquecido! Whitfield que é o criminoso! *Tem* que ser. Ele praticamente *disse* que é!"

E ainda assim, como um pesadelo, ele viu o rosto de Miss Pinkerton em sua imitação momentânea de algo terrível e nem um pouco são.

Uma criada um tanto lenta abriu a porta para ele. Um pouco assustada com a veemência do homem, ela disse:

— A moça saiu. Miss Waynflete me disse. Vou ver se Miss Waynflete está.

Ele passou por ela, entrou na sala de visitas. Emily correu escada acima. Ela desceu sem fôlego.

— A senhora saiu também.

Luke a segurou pelo ombro.

— Por onde elas foram? Aonde foram?

Ela ficou encarando-o.

— Elas devem ter saído pelos fundos. Eu ia ter visto se tivessem saído pela frente porque a cozinha dá para lá.

Ela o seguiu enquanto eles correram pela porta ao pequeno jardim. Havia um homem aparando um arbusto. Luke foi até ele e perguntou, lutando para manter a voz normal.

O homem respondeu com lentidão:

— Duas senhoras? Sim. Já tem um tempo. Eu estava comendo meu jantar perto da cerca. Acho que não me notaram.

— *Por onde elas foram?*

Ele lutou para manter a voz inalterada. Mas os olhos do outro se abriram um pouco mais conforme ele respondeu, muito lento:

— Passando os prados... por ali. Depois não sei.

Luke agradeceu a ele e começou a correr. Sua forte sensação de urgência ficou mais intensa. Ele *precisava* alcançá-las. *Precisava!* Ele devia ter enlouquecido. Havia grande probabilidade de que elas estavam só numa tranquila caminhada, mas alguma coisa nele clamava pela pressa. Mais pressa!

Ele cruzou os dois prados, parou hesitante em uma trilha. E agora, por onde?

E então ele ouviu alguém chamar... um som fraco, distante, mas inegável...

— *Luke, socorro!*

Depois, de novo:

— *Luke...*

Infalível, ele se lançou na mata e correu na direção da qual o grito havia vindo. Agora havia mais sons: um farfalhar, alguém arfante, um grito comprido e sufocado.

Ele passou pelas árvores a tempo de arrancar as mãos da louca do pescoço da vítima, segurá-la, debatendo-se, espumando, praguejando, até que ela teve uma convulsão e seu corpo se endureceu.

Capítulo 23

O recomeço

— Mas eu não entendo — disse Lorde Whitfield. — Não entendo.

Ele estava se esforçando para conservar a dignidade, mas por trás do exterior empolado ficava evidente uma perplexidade de dar pena. Ele mal conseguia dar crédito a tudo de extraordinário que estavam lhe contando.

— É o que temos, Lorde Whitfield — explicou Battle, pacientemente. — Para começar, há um quê de insanidade na família. Acabamos de descobrir. Costuma ser assim com essas famílias antigas. Pode-se dizer que ela tinha uma predisposição. E era uma mulher ambiciosa que foi frustrada. Primeiro na carreira, depois no amor. — Ele tossiu. — Fiquei sabendo que o foi o *senhor* que a dispensou?

Lorde Whitfield falou ríspido:

— Não gosto do termo *dispensar*.

Superintendente Battle corrigiu a expressão.

— Foi o senhor que encerrou o relacionamento?

— Bom… sim.

— Conte-nos por quê, Gordon — disse Bridget.

Lorde Whitfield ficou com o rosto avermelhado. Disse:

— Ah, pois bem. Se é tão necessário… Honoria tinha um canário. Era muito afeiçoada ao passarinho. Ele tomava açúcar dos lábios dela. Um dia ele lhe deu uma bicada violenta. Ela ficou com raiva, pegou-o na mão e… torceu seu pescoço! Eu… depois daquilo eu não consegui sentir por ela o que sentia antes. Falei que achava que nós dois havíamos nos enganado.

Battle assentiu. Ele disse:

— Foi onde começou! Como ela disse a Miss Conway, ela voltou seu raciocínio e sua capacidade mental indubitável a uma só meta e propósito.

Lorde Whitfield falou com incredulidade:

— Para *me* incriminar como homicida? Eu não acredito.

Bridget disse:

— É verdade, Gordon. Veja que você mesmo se surpreendeu, que achou extraordinário como todo mundo que ficava incomodado com você era instantaneamente eliminado.

— Havia motivo.

— O motivo era Honoria Waynflete — disse Bridget. — Coloque na cabeça, Gordon, que não foi a Divina Providência que empurrou Tommy Pierce pela janela, nem todos os demais. Foi Honoria.

Lorde Whitfield negava com a cabeça.

— É que me parece impensável! — disse ele.

Battle falou:

— O senhor disse que recebeu uma mensagem hoje por telefone?

— Sim, por volta do meio-dia. Fui chamado ao Bosque Shaw de imediato, porque você, Bridget, tinha algo a me dizer. E eu não podia ir de carro, só a pé.

Battle assentiu.

— Exatamente. E lá teria sido o fim. Miss Conway teria sido encontrada com um corte no pescoço; e ao lado dela o punhal *do senhor* com as impressões digitais *do senhor*! *E* o senhor teria estado nas redondezas no momento! Não haveria nada a seu favor. Qualquer júri no mundo ia condená-lo.

— Eu? — disse Lorde Whitfield, assustado e aflito. — Alguma pessoa teria acreditado em algo assim da minha pessoa?

Bridget falou com educação.

— Eu não acreditei, Gordon. Nunca acreditei.

Lorde Whitfield lhe dirigiu um olhar gélido, depois falou com rigor:

— Diante do meu caráter e da minha posição, não acredito que alguém, nem por um instante, acreditaria numa acusação tão monstruosa!

Ele saiu com toda a dignidade e fechou a porta ao passar.

Luke disse:

— Ele nunca vai se dar conta do risco que correu!

Depois disse:

— Vamos, Bridget, me conte como começou a suspeitar de Waynflete.

Bridget explicou:

— Foi quando você estava me dizendo que Gordon era o assassino. Eu não acreditei! Porque, veja, eu o conhecia *muito* bem. Era secretária dele havia dois anos! Eu o conhecia em todos os detalhes! Sabia que era empolado, mesquinho e totalmente autocentrado. Mas também sabia que era uma pessoa gentil e com um bom coração em níveis absurdos. Ficava preocupado quando matava uma mosca. Esta história de que ele matou o canário de Miss Waynflete… estava toda *errada*. Não havia como ele ter feito uma coisa dessas. Ele já tinha me contado de como a dispensou. E aí você insistiu comigo que tinha sido *ao contrário*. Bom, *podia* ter sido! O orgulho dele provavelmente não admitiria que ela o dispensara. Mas não a história do canário! Isso não tinha como ser de Gordon! Ele nem gosta de atirar porque passa mal quando vê qualquer coisa morta.

"Por isso, eu sabia que esta parte da história era inverídica. Mas, se esse era o caso, *Miss Waynflete havia mentido.* E foi, pensando bem, *uma mentira extraordinária*! De repente me questionei se ela havia contado mais mentiras. Era uma mulher muito cheia de si, isso era notório. Ser desprezada deve ter ferido muito seu orgulho. Provavelmente a deixou com raiva e vingativa contra Lorde Whitfield… especialmente, eu senti, depois que ele voltou todo rico e bem-sucedido.

Eu pensei: "Sim, ela ia gostar de armar um crime e colocar a culpa nele." E depois uma espécie de turbilhão entrou no meu cérebro e eu pensei: imagine que *tudo* que ela diz é mentira. E de repente eu vi como seria fácil uma mulher como esta fazer de um homem um tolo! E veio à mente: "É fantástico, mas imagine que foi *ela* que matou toda essa gente e deu a Gordon essa ideia de que foi uma espécie de retribuição divina!" Seria muito fácil ele acreditar numa coisa dessas. E, como eu lhe disse, Gordon acreditaria em qualquer coisa! Imaginei: "*Será* que ela podia ter cometido tantos assassinatos?" Concluí que sim! Ela podia empurrar um bêbado. Ela podia empurrar um garoto pela janela, e Amy Gibbs havia morrido na casa dela. Mrs. Horton... Honoria Waynflete ia ficar com ela quando estava doente. Dr. Humbleby era mais difícil. Na época eu não sabia que Vesguinho tinha uma infecção feia na orelha e que ela infectou o curativo que botou na mão do doutor. A morte de Miss Pinkerton foi ainda mais difícil, pois eu não conseguia imaginar Miss Waynflete vestida de chofer dirigindo um Rolls-Royce.

"E então, de repente, eu vi que era a mais fácil de todas! O velho empurrão pelas costas. Fácil de se fazer no meio de uma multidão. O carro não parou, ela viu uma oportunidade fresquinha e disse a outra mulher que havia visto a placa do carro. Foi aí que passou a placa do Rolls de Lorde Whitfield.

"Claro que isso tudo passou pela minha cabeça de forma muito atabalhoada. Mas se Gordon *não* havia cometido os assassinatos — e eu sabia que não — sim, *sabia* que não tinha... bom, *quem* teria sido? E a resposta me pareceu muito clara. *Alguém que odeia Gordon!* Quem odeia Gordon? Honoria Waynflete, é claro.

"E então lembrei que Miss Pinkerton havia falado que um *homem* era o assassino. O que derrubou minha belíssima teoria, pois, se Miss Pinkerton não estivesse *certa, ela não teria sido morta*... Então fiz você repetir exatamente as palavras de Miss Pinkerton e logo me dei conta que ela não havia se referido a nenhum homem, em momento algum. Foi quando eu senti que estava no rastro certo! Decidi aceitar o convite de Miss Waynflete para me hospedar na sua casa e decidi que ia desentocar a verdade.

— Sem me dizer uma palavra? — falou Luke com tom irritado.

— Mas, meu bem, você tinha tanta *certeza*... e eu não tinha certeza alguma! Era tudo muito vago e duvidoso. Mas nunca cogitei que eu estivesse em perigo. Achei que teria tempo de sobra...

Ela estremeceu.

— Ah, Luke, foi terrível. Os olhos dela... e aquela risada temível, polida, desumana...

Luke falou com um leve estremecer:

— Nunca vou esquecer que cheguei lá bem a tempo.

Ele virou-se para Battle. — Como ela está agora?

— Teve um colapso — disse Battle. — Acontece, como você sabe. Elas não suportam o choque de não ter sido tão inteligentes como achavam que eram.

Luke falou com tom pesaroso:

— Olha, eu não sou um policial tão bom! Nunca suspeitei de Honoria Waynflete, nem por um momento. Você teria sido melhor, Battle.

— Talvez sim, talvez não. O senhor há de lembrar que não há nada de impossível no crime. Já falei de uma donzela, creio eu.

— O senhor também falou de um arcebispo e uma colegial! Devo achar que o senhor considera toda essa gente criminosos em potencial?

O sorriso de Battle se arreganhou.

— Qualquer um pode ser um criminoso, senhor. Foi o que eu quis dizer.

— Com exceção de Gordon — disse Bridget. — Luke, vamos encontrá-lo.

Encontraram Lorde Whitfield em seu escritório ocupado em tomar notas.

— Gordon — falou Bridget com voz suave. — Por favor, agora que você sabe tudo, vai nos perdoar?

Lorde Whitfield olhou para ela graciosamente.

— Com certeza, minha cara, com certeza. Eu sei a verdade. Eu sou um homem ocupado. Eu a ignorei. A verdade é aquela que Kipling expôs de forma sábia: "Viaja mais rápido quem viaja sozinho." Meu caminho é solitário. — Ele estreitou os ombros. — Eu carrego grandes responsabilidades. Devo carregá-las só. Nunca terei uma companheira, pois meu fardo nunca se alivia. Tenho que viver a vida sozinho, até que eu caia à beira da estrada.

Bridget disse:

— Gordon, querido! Você é um doce!

Lorde Whitfield franziu o cenho.

— Não é questão de ser doce. Vamos esquecer desse absurdo. Sou um homem ocupado.

— Sei que é.

— Estou preparando uma série de artigos, para começar de uma vez. Os Crimes das Mulheres ao Longo das Eras.

Bridget ficou olhando-o com admiração.

— Gordon, achei maravilhoso.

Lorde Whitfield expirou todo o ar do peito.

— Então, por favor, me deixem a sós. Não quero que me perturbem. Tenho muito trabalho a fazer.

Luke e Bridget saíram da sala na ponta dos pés.

— Mas ele *é* um doce! — disse Bridget.

— Bridget, eu acho que você tinha afeição de verdade por esse homem!

— Pois veja só, Luke: acho que tinha.

Luke olhou pela janela.

— Ficarei contente de deixar Wychwood. Não gosto desse lugar. Há muita perversidade por aqui, como diria Mrs.

Humbleby. Não gosto de como a Serra do Ashe paira sobre o vilarejo.

— Falando na Serra do Ashe, como está Ellsworthy?

Luke riu um pouco envergonhado.

— O sangue nas mãos dele?

— Sim.

— Parece que sacrificaram um galo branco!

— Que nojo!

— Acho que algo de desagradável vai acontecer com nosso Mr. Ellsworthy. Battle está planejando uma surpresinha.

Bridget disse:

— E o pobre Major Horton nunca sequer tentou matar sua esposa, e Mr. Abbot, creio eu, apenas recebeu correspondência comprometedora de uma moça, e Dr. Thomas é só um jovem e modesto médico.

— Ele se acha superior!

— Você diz isso porque tem ciúme de ele ter casado com Rose Humbleby.

— Ela é boa demais para ele.

— Eu sempre achei que você gostava mais dessa moça do que de mim!

— Querida, você não está sendo um tanto ridícula?

— Não, não mesmo.

Ela ficou um instante em silêncio e depois falou:

— Luke, você gosta de mim?

Ele fez uma menção de se dirigir a ela, mas ela o afastou.

— Eu disse *gostar,* Luke. Não *amar.*

— Ah! Entendi... Sim, gosto... eu *gosto* de você, Bridget, assim como te amo.

Bridget disse:

— Eu gosto de você, Luke....

Um sorriu para o outro. Os dois estavam acanhados, como crianças que fazem amizade numa festa.

Bridget disse:

— Gostar é mais importante do que amar. Dura mais. Eu quero que o que existe entre nós dure, Luke. Não quero que só nos amemos e nos casemos, e aí cansemos um do outro e depois queiramos nos casar com outros.

— Ah, meu amor, eu sei. Você quer a realidade. Assim como eu. O que existe entre nós vai durar para sempre porque o fundamento é a realidade.

— É verdade, Luke?

— É verdade, minha cara. Por isso, acredito, eu tinha medo de amá-la.

— Eu tinha medo de amá-lo também.

— E ainda tem?

— Não.

Ele disse:

— Passamos muito tempo pensando na morte. E agora acabou! Agora... agora começamos a viver...

Notas sobre
É fácil matar

Este é o 33º romance policial de Agatha Christie, publicado quando a autora tinha 49 anos. Antes de virar livro, *É fácil matar* foi publicado em sete capítulos semanais no *Saturday Evening Post*, nos Estados Unidos, a partir de novembro de 1938, onde ganhou o título *Easy to Kill*. Em 5 de junho de 1939, saiu em livro no Reino Unido com o título *Murder is Easy*. Nos Estados Unidos, o livro é vendido até hoje com o título *Easy to Kill*.

Os personagens de *É fácil matar* são exclusivos a este livro, com uma exceção: Superintendente Battle, o policial que já havia aparecido em *O segredo de Chimneys* (1925), *O mistério dos sete relógios* (1929) e *Cartas na mesa* (1936), e que voltaria em *Hora zero* (1944), *A morte da Sra. McGinty* (1952) e *Os relógios* (1963).

O derby de Epsom mencionado na página 10 é uma corrida de cavalos tradicionalíssima na Inglaterra, promovida desde 1780, geralmente no primeiro sábado de junho. Os vencedores do derby que Christie menciona neste livro, porém, são fictícios.

Luke Fitzwilliam ganha cem libras com suas apostas no derby, o que equivaleria a mais de 6.500 libras em 2020 — valor que paga um carro econômico usado na Inglaterra atual.

Por falar em valores, as seis libras que Bridget Conway ganhava semanalmente como secretária equivaleriam a quatrocentas libras em 2020, bem abaixo da média de £585 semanais que se registra na Inglaterra atual. Já as cem mil libras que ela ganharia em caso de desquite de Lorde Whitfield equivaleriam a quase *sete milhões* de libras em 2020.

E a viúva gorda que roubou o noivo anterior de Bridget, a que tinha renda anual de trinta mil libras, ganharia dois milhões por ano em valores de 2020.

No capítulo 1, Miss Pinkerton lamenta que os trens "aboliram a segunda classe". Se a história se passa em fins dos anos 1930, a senhorinha pode estar um tanto quanto defasada: desde que a Regulamentação das Ferrovias de 1844 obrigou todas as companhias a oferecer terceira classe, os trens britânicos passaram a ter quase exclusivamente primeira e terceira classes. Ao final do século 19, já era difícil encontrar a opção de segunda classe. A exceção — que pode ser o caso do trem em que estão Miss Pinkerton e Mr. Fitzwilliam — era a empresa North Eastern Railway, que continuou oferecendo a opção de segunda classe até 1938 e tinha ônibus para Londres. Neste caso, se a história se passa no ano de publicação do livro, 1939, a abolição da segunda classe nessa linha era bastante recente.

O termo "segunda classe" voltaria a ser utilizado no sistema ferroviário britânico nos anos 1950 — com a elevação da terceira classe a segunda —, mas desapareceria de novo nos anos 1980, quando se criou a separação entre "primeira classe" e "comum" (*standard*).

Luke Fitzwilliam aposentou-se da Polícia Imperial, o serviço policial que o império mantinha nas suas colônias do Oriente — o Raj Britânico, que incluía Índia, Paquistão, Bangladesh e Birmânia — de 1848 a 1947. O serviço chegou a ter um contingente de 310 mil policiais em 1920.

O local onde Mr. Fitzwilliam serviu, o Estreito de Mayang, contudo, é fictício. Mas o nome é uma criação interessante. Na época, a Coroa Britânica controlava quatro estreitos no sudeste asiático: Malaca, Dinding, Penang e Singapura. Com exceção do último, hoje país independente, atualmente todos esses estreitos fazem parte da Malásia.

Wychwood-under-Ashe e Fenny Clayton, a propósito, também são locais fictícios — como quase todos os vilarejos ingleses em que Agatha Christie situa suas histórias.

Abercrombie é um nome recorrente nos livros de Agatha Christie — foi durante o caso que envolvia um Abercrombie que Hercule Poirot e o Inspetor Japp se conheceram, segundo *O misterioso caso de Styles* (1920). Mas o caso Abercrombie citado em três cenas de *É fácil matar,* e que se refere a um "envenenador galês", é outro e fictício. Christie pode estar referindo-se ao caso de Thomas Griffith Wainewright (1794–1847), artista e escritor inglês que se acredita que matou a cunhada, Eliza Abercromby (com "y" no final), com estricnina. Há suspeitas de que Wainewright era um assassino serial, que envenenou também um tio, a sogra e um amigo.

Quando Miss Pinkerton se apresenta no Capítulo 1, Luke Fitzwilliam diz que ela tem "um nome muito apropriado". A Agência Nacional de Detetives Pinkerton foi uma famosa empresa de segurança e investigação particular, fundada nos Estados Unidos em 1850. A empresa ainda existe e atende apenas pelo nome Pinkerton: https://pinkerton.com/

No Capítulo 2, Jimmy Lorimer diz que Miss Pinkerton deve ter sido atropelada porque "provavelmente confiou em um *Belisha Beacon*". Os *Belisha Beacons* são faróis que se acendem para sinalizar passagem de pedestres nas vias britânicas, geralmente de cor âmbar. Eram uma novidade relativamente recente na época de *É fácil matar,* tendo sido introduzidos em 1934 pelo ministro dos Transportes Leslie Hore-Belisha — daí o batismo.

O "Ford V8", mencionado na página 20, de Jimmy Lorrimer na verdade é o nome popular do Ford Modelo 18, primeiro carro a vir com o motor Ford *flathead* V8, a partir de 1932. O "Standard Swallow" que Luke compra de segunda mão era um modelo da fabricante S.S. — a montadora britânica que viria a adotar o nome Jaguar a partir de 1945.

Honoria Waynflete "cursou Girton ou queria ter estudado lá", como se lê no Capítulo 6. O Girton College é uma das unidades da Universidade de Cambridge, fundada em 1869 e uma das primeiras faculdades para as mulheres.

Inferioridade e crime, o curioso livro do autor alemão Kreuzhammer citado no Capítulo 8, é uma invenção de Christie. Menzheld, o "Carniceiro de Frankfurt" mencionado logo a seguir, também é inventado — mas se imagina que seja referência ao assassino serial alemão Fritz Haarmann, também conhecido como "Carniceiro de Hanover", responsável por pelo menos 24 mortes de garotos e adolescentes nos anos 1910 e 1920.

Citada no mesmo parágrafo, Anna Helm, "a pequena ama-seca assassina", talvez se baseie em Amelia Dyer (1836–96), que matou mais de quatrocentos bebês no final do século 19, um dos casos mais infames na história dos assassinos seriais.

O "caso Castor" citado no Capítulo 14 também parece ser fictício.

Já Broadmoor, citado no Capítulo 21 como possível destino de Lorde Whitfield caso ele fosse condenado, é um hospital psiquiátrico real que funciona em Crowthorne, na Inglaterra, desde 1863.

O "horário reduzido na quarta-feira" que parece ser regra nas lojas de Wychwood-under-Ashe era uma tradição britânica que virou lei em 1912: os estabelecimentos comerciais eram obrigados a dar um turno de folga aos funcionários durante a semana, além do domingo. Normalmente todas as lojas da cidade combinavam o dia e os horários, e quarta-feira à tarde era opção frequente. A lei caiu em 1994.

O punhal que Lorde Whitfield exibe no Capítulo 19 — e que tem importância no Capítulo 21 — é uma "adaga moura" que "veio do Rife". O Rife é uma região montanhosa no norte de Marrocos, onde os berberes ainda mantinham a tradição de carregar armas brancas como símbolo de status e, portanto, tinham uma excelente produção de lâminas.

A "Bond Street", onde Bridget ironiza que ela e Waynflete vão passear quando a última veste luvas, é um dos endereços das lojas de luxo em Londres — e uma das ruas mais caras na versão britânica do *Banco imobiliário*.

Do mesmo modo, a "Harley Street", onde Luke consultou um especialista quanto ao seu joelho, é endereço tradicional de clínicas médicas na capital inglesa.

Este livro foi impresso pela Leograf,
em 2023, para a HarperCollins Brasil.
A fonte usada no miolo é Cheltenham, corpo 9,5/13,5pt.
O papel do miolo é pólen bold 70g/m²,
e o da capa é couché 150g/m².